Der Diamant

Friedrich Hebbel

Herausgeber: Culturea (34, Hérault)
Druck: BOD - In de Tarpen 42, Norderstedt (Deutschland)
Website: http://culturea.fr
Kontakt: infos@culturea.fr
ISBN:9791041908769
Veröffentlichungsdatum: FEBRUAR 2023
Layout und Design: https://reedsy.com/
Dieses Buch wurde mit der Schriftart Bauer Bodoni gesetzt.

ER WIRT MIR GEBEN

Eine Komödie in fünf Akten

Vorbemerkung

Das Lustspiel: der Diamant, ist von mir bei Gelegenheit der Berliner Preisaufgabe nach einer Idee, die mich schon Jahre zuvor beschäftigt hatte, ausgeführt und zur rechten Zeit auf die vorgeschriebene Weise eingereicht worden. Es ist in Prosa verfaßt und in jeder Beziehung darstellbar, wenn sich anders menschliche Charaktere, die psychologisch entwickelt sind, ebenso leicht zur Anschauung bringen lassen, als Figuren, denen nur der begabte Schauspieler etwas Umrißähnliches verleihen kann. Es hat keinen Preis erhalten, und ich werde es dem Publikum bald mit Ruhe, wie Uhland sich in einem gleichen Fall ausdrückte, zur Würdigung übergeben. Freilich soll die Preisaufgabe, wie ich, da sie mir in den Zeitungen überall nicht vorgekommen ist, erst später hörte, ursprünglich auf ein, den Elementen nach, aus »der Gesellschaft« entnommenes »Konversationsstück«, nicht auf eine lustige Komödie gerichtet gewesen sein.

Der nachfolgende Prolog ist, was ich zu bemerken bitte, meinem Werke nicht nachträglich hinzugefügt, sondern demselben gleich so, wie ich ihn hier mitteile, vorangestellt und den Preisrichtern mit dem Stück selbst zur Beurteilung vorgelegt worden. Er wird zeigen, daß mich ein höherer Gedanke, als der an den zu gewinnenden Preis, zum Lustspiel begeisterte, und daß ich auf letzteren nicht rechnete, als ich ihn einschickte. Freuen würde es mich, wenn die von mir poetisch entwickelten Ideen Anlaß gäben, daß in der wichtigsten Angelegenheit des neuern Dramas, denn dafür halte ich die Lustspielfrage, die hin und her schwankenden Meinungen endlich einmal auf ein Grundprinzip zurückgeführt würden. Alles darf man von dem bunten Luftballon, der uns über die Verwirrungen des Lebens hinaus in die Vogelperspektive entrücken soll, hoffen und erwarten, nur nicht, daß er jemals im luftleeren Raum aufsteigen wird. Etwas wäre schon gewonnen, wenn die Oberbehörden der Theater, von denen Preisaufgaben und andere Anregungen ausgehen, sich für die Zukunft wenigstens hiervon überzeugen wollten.

Vorwort

Man hat mich oft befragt, warum ich mir nicht Mühe gebe meine Stücke auf die Bühne zu bringen. Zur Antwort darauf ein Märchen, das ich in der Kindheit von meinem verstorbenen Vater hörte.

Ein Ritter kam an einen Palast, in dem er eine verzauberte Prinzessin zu finden hoffte, und wollte hinein. An dem ersten Tor verlangte der Wächter, zwar noch etwas zaghaft und mit zitternder Stimme, er solle seine Waffen zurücklassen, sonst dürfe er nicht weiter. Er gehorchte. An dem zweiten verlangte ein anderer, schon kecker und trotziger, er solle seine Rüstung ablegen. Er tats. An dem dritten trat ihm ein noch frecherer Gesell in den Weg und wollte ihm ohne weiteres die Arme auf den Rücken binden. Da aber war sein Langmut zu Ende. »Wenn das so fortgeht rief er aus so wird man drinnen von mir fordern, daß ich mich mit eigener Hand erhänge, und wie ich die Prinzessin dann noch erlösen und eine tüchtige Nachkommenschaft mit ihr erzeugen soll, sehe ich nicht ein.« Damit kehrte er um.

Ob er es tat, um für immer abzuziehen, oder bloß, um die Rüstung wieder anzulegen, die Waffen wieder aufzunehmen und geharnischt und gewappnet zurückzukehren, weiß ich nicht.

Fr. H.

Prolog

der nicht gesprochen wird

Personen des Prologs

Die Muse.

Die Aftermuse.

Der Dichter.

Gemach des Dichters mit Aussicht auf Wald und Tal.
Ein schöner Frühlingsmorgen.

DER DICHTER *allein.*
Der goldne Morgensonnenschein
Fällt in mein Fenster klar hinein,
Er fällt mir grad ins Angesicht,
Ich kann kaum sehn vor lauter Licht.
Von fern herüber dringt Geläut,
Dran merk ich, daß es Sonntag heut,
Schon wandeln bei dem hellen Klang
Geputzte Menschen das Tal entlang,
Männer und Weiber, Alte und Junge,
Kinder dazwischen mit fröhlicher Zunge,
In reinlichen Händen die Andacht-Bücher,
Auch Blumensträuße und weiße Tücher.
Sie blicken alle in frommem Chor
Zur ragenden Kirche ernst empor,
Die winkt vom Berges-Abhang frei
Mit offenen Türen sie herbei,
Sie klimmen emsiglich hinauf,
Nun tritt hinein der ganze Hauf.
Nur einer sondert still sich ab,
Sieh, der bekränzt ein frisches Grab,
Nachdem er ein Gebet noch sprach,
Folgt er den andern leise nach.
Indes ist das Geläut verhallt
Und schwellender Gesang erschallt,
Die Sonne aber faßt so hold
Das Kirchlein ein in lautres Gold,
Und alles, was mir lieb und wert,
Sogar die Gräber, sind verklärt.
Zur linken Seite liegt ein Hain,
Der schaut noch etwas finster drein,
Der nächtlich-graue Nebeldampf
Ist noch mit Licht und Wind im Kampf.
Das Lied der muntern Vögelschar
Dringt in die Weite hell und klar,
Gott hörts zugleich mit dem Choral,
Der zu ihm aufsteigt aus dem Tal.
Ein Reh mit klugen Augen blickt
Ins flache Land vor, und erschrickt,
Und weil es weder Baum noch Busch
Mehr sieht, springt es zurück im Husch.

Von ferne kommt ein Trupp daher,
Auf breiter Schulter das Gewehr,
Waldeinwärts schreitet Mann nach Mann,
Sie sehn die Kirche gar nicht an.
Ein lustger Knabe, ganz zuvorn,
Stößt jezuweilen in ein Horn,
Dann jauchzen all mit lautem Munde
Und fröhlich schlagen an die Hunde.
Die wollen in des Haines Nacht
Sich erlustieren an der Jagd,
Sie wollen Kraft und Jugend brauchen,
Bevor sie ungenützt verrauchen,
Und, wie die Kirche und das Tal,
Beglänzt auch sie der Morgenstrahl.
Die Lustgen hier, die Frommen dort,
Den Dichter locken sie nicht fort,
Ihn machte die Natur so reich,
Daß er sich freut, und betet zugleich,
Daß er mit jedem Odemzug
Das Dasein ganz leert, wie im Flug,
Daß Wonne, Andacht, Lust und Schmerz
Ihm unzerschieden ziehn durchs Herz.
Er ist in die bewegte Welt
Als fester Mittelpunkt gestellt,
Der, unberührt von Ebb und Flut,
In sich gesättigt, schweigend ruht,
Weil er in sich jedweden Kreis
Begonnen und beschlossen weiß,
Und weil in ihm der Urgeist still
Die Perl, sein Abbild, zeugen will,
Das, wenn es in die Zeitlichkeit
Hinaus tritt, jeden Riß der Zeit,
Schon dadurch heilt, daß sie erkennt,
Was sie vom ewgen Wesen trennt.

Er betet.

O Muse, die mein Herz bewegt,
Die meine tiefste Kraft erregt,
Mir wird zum Sterben bang und weh,
Wenn ich dich einen Tag nicht seh,
Aus Grund der Seelen ruf ich dich:
Komm still und überschatte mich,
Damit mein Auge, frisch gestärkt,
Des wirren Lebens Einheit merkt,
Und in dem Zweiglein, das ich pflücke,

Den ganzen Wunderbaum erblicke,
Damit ichs auch, wie ichs erkannt,
In rechter Form mit sichrer Hand
Der Welt zum Trost und zum Exempel
Aufstell als Altarblatt im Tempel.
Ich werb ja nicht um Gold und Gunst,
Ich werbe um die heilge Kunst,
Und auch um diese werb ich nur,
Damit nicht ihre lichte Spur,
Die halb erloschne, völlig schwinde
Und schon vor Tag mein Volk erblinde.
Du magst mir jeden Kranz versagen,
Wie ihn die hohen Künstler tragen,
Nur daß, wenn ich begraben bin,
Ein Denkmal sei, daß Kraft und Sinn
Noch nicht zu Wilden und Barbaren
Aus meiner Zeit entwichen waren,
Und daß ich so die höchste Schmach
Noch vom Jahrhundert tilgen mag.

Die Muse erscheint.

Da bist du schon in deinem Glanz!
O strenges Licht! Mich blendets ganz!

DIE MUSE.
Was schaust du, Tor, ins Licht hinein?
Für dich ist nur sein Widerschein!
Du forsche nicht, woher es fließt,
Doch wohl, wohin es sich ergießt,
Und das, was es zumeist bestrahlt,
Das werde flugs von dir gemalt!

DER DICHTER *erblickt, aus dem Fenster sehend, den Bauer Jacob.*
Ich sehe einen alten Mann!

DIE MUSE.
Der ists! Den schau dir näher an!
Er ist kein Weiser und kein Held,
Und dennoch, wenn es mir gefällt,
Stell ich an ihm dir hell und klar
Das ganze Weltgetriebe dar!

DER DICHTER.
Mir scheints ein wunderlicher Greis!
Ehrwürdig ist sein Haupt, und weiß,
Allein sein Wesen, aufgespreizt,
Ist so, daß michs zum Lachen reizt.
Halb geht er ja wie ein Soldat!

DIE MUSE.
Gern tät ers ganz, litts nur der Staat!

DER DICHTER.
Ein Schnurrbart und ein Rock, gar eng,
Dabei ein Blick, possierlich-streng

DIE MUSE.
Weil er den Degen nicht tragen darf,
Macht er die Blicke degenscharf!

DER DICHTER.
Auch Sporen trägt er!

DIE MUSE.
Ja. Am Schuh!

DER DICHTER.
Er wendet sich der Kirche zu!
Nun, bald ist Platz im Gotteshaus,
Die andern kommen schon heraus.

DIE MUSE.
Er kommt zum Singen und Gebet
An jedem Sonntag fast zu spät,
Und das mißfällt dem Pfarrer sehr,
Dem lieben Gott gefällts schon mehr.
Kann er davor? An jedem Steg
Tritt ihm ein Bettler in den Weg,
Dem gibt er Geld, dran fehlts ihm nicht,
Dem guten Rat, und der gebricht,
Durch Werke der Barmherzigkeit
Verpaßt er so die schöne Zeit,
Aus einer Predigt, salbungsvoll,
Zu lernen, daß er sie üben soll.
Er ist Genug! Tritt nun heran
Und nimm, was ich dir geben kann,
Nimm hin das Bild vom Diamanten
Und faß es ein in goldne Kanten,
Den Bauer Jacob sahst du schon,
Er ist für dies Mal Hauptperson.

DER DICHTER *kniet vor der Muse nieder.*

DIE MUSE *legt dem Dichter die Hand aufs Haupt und verschwindet.*

DER DICHTER *allein.*

Nun ist sie fort, eh ichs geglaubt,
Mir aber zuckts durch Brust und Haupt,
Und eine Fabel, reich und bunt,
Wird mir im tiefsten Innern kund.
Ich seh an einem Edelstein
Des irdschen Lebens leeren Schein
Und alle Nichtigkeit der Welt
Phantastisch-lustig dargestellt.
Ein Mensch, vom Tod schon angehaucht,
Bekommt ihn, da er nichts mehr braucht,
Er legt sich in sein stilles Grab
Und tritt ihn einem Bauer ab.
Ein Wesen von der Elfen Art,
Prinzessin, und ein wenig zart,
Glaubt, daß den Diamant ein Geist
Entführte, der sie sterben heißt.
Der Wahn verstört ihr das Gemüt,
Ihr holdes Lebenslicht verglüht,
Und wenn sie ihn auch selber spann,
Sie stirbt nicht weniger daran.
Indessen geht der Diamant,
Den alles sucht, von Hand zu Hand,
Doch Schelm auf Schelm bekommt ihn nur,
Daß seine innerste Natur,
Sonst weggedrückt und wohl versteckt,
Entschleiert wird und aufgedeckt.
Ist das geschehn, so dreht sich schnell
Der Zufall, macht das Dunkle hell
Und wandelt das erträumte Glück
Für jeden um in Mißgeschick.
O Fülle drolliger Gestalten,
Wie glühe ich, dich festzuhalten!
O Hintergrund, dem sie entspringen,
Wird mir dein Abriß nicht mißlingen?
Was frag ich viel! Ich fange an,
Da werd ich sehen, was ich kann!

DIE AFTERMUSE *vor der Tür.*

Kein Mensch zu sehen, noch zu hören?
Je nun, was tuts! Ich kann nicht stören!

Sie tritt ein.

DER DICHTER.
Was will die freche Weibsperson?
Sie trägt 'ne Zier, wie eine Kron,
Und sieht mich so verwegen an,
Als ob sie eben alles kann!

MUSA.
Man bücke sich! Bins nicht gewohnt,
Daß man die Rückenwirbel schont.
Ich komm hier freilich ungeladen,
Doch kam ich keinem noch zum Schaden,
Und wenn der Herr mich auch nicht kennt,
Ich kenne ihn, er hat Talent.
Es ist recht gut, daß ers besitzt,
Ich will ihn lehren, wie ers nützt!

DER DICHTER.
Ich mögte meines Werkes pflegen!
Die kommt mir wahrlich ungelegen!

MUSA.
Ich seh, man will ein Lustspiel schreiben!
Das muß man denn hübsch praktisch treiben.
Man weiß doch, was ein Lustspiel heißt?

DER DICHTER.
Dies steht so klar vor meinem Geist,
Daß, wenn ichs minder hell erblickte,
Das Werk vielleicht mir besser glückte.

MUSA.
Schon gut. Man komme nun zum Wie.

DER DICHTER.
Ich soll die höchste Harmonie
In den verzerrtesten Gestalten,
Die Gottesschrift im Wurm, entfalten!

MUSA.
So, soll man das?

DER DICHTER.

Ich soll die Welt
In dem, was sie befangen hält,
In ihrem eigentlichsten Tichten,
Ja, durch dies Tichten selbst, vernichten;
Ich soll, wohin kein Schicksal reicht,
Den Zufall führen, daß er zeigt,
Wie, wenn der Mensch so sehr verstockt,
Daß er den Funken nicht mehr lockt,
Der Blitz in sein Metall noch schlägt
Und durch sein Gold ihn selbst erlegt.

MUSA.

Man schweige, denn man macht mich toll,
Man höre, wie mans machen soll.
Man wähle erstlich seinen Stoff,
So in der Mitt von Land und Hof,
Damit man in die Kreuz und Quer
Anspielen kann zu Nutz und Lehr.
Dann setze man bei mäßgen Flammen
Die Charaktere sich zusammen;
Man gebe sich nicht zu viel Mühe,
Das erst und letzte ist die Brühe.
Die komischen sind leicht erdacht,
Wir wissens ja, daß alles lacht,
Wenn einer auftritt, welcher stammelt
Und sich den Weg zur Braut verrammelt,
Weil er das Wort: ich bete an!
Nicht ohne Stottern sprechen kann.
Und will zu früh das Lachen stocken,
So trägt man neuen Flachs zum Rocken,
Man lockt mal aus dem Holz den Blitz
Und leiht der Einfalt einen Witz,
Der zehn Mal klüger ist, als sie,
Das wirkt, man wird schon sehen, wie!

DER DICHTER.

Das heißt aus dem Charakter fallen!

MUSA.

Ei, merkt das denn ein Mensch von allen?
Die ernsten kosten freilich mehr,
Doch darum sind sie just nicht schwer.
Paart Diebsgelüst und Tugendliebe,
Das sind ein paar verwünschte Triebe,
Was hecken die nicht alles aus!

Ihr braucht nicht mehr für Euren Schmaus.
Doch werden Situationen
Und Charaktere wenig lohnen,
Wenn man das Feuern nicht versteht!

DER DICHTER.
Das Feuern?

MUSA.
Ja, mein Herr Poet?
Wozu gibts Könige auf Erden?
Nur, daß die Schützen Meister werden!
Wenns einer auf der Ebne übt,
So steht er, eh ers denkt, betrübt,
Er traf den Nachbar in die Wade,
Da gibts denn Prügel ohne Gnade.
Drum halte man den Bogen hoch,
Die Herrn der Welt vertragens noch.
Ich war auch deshalb alle Zeit
Sie zu verteidigen bereit,
Denn, wenn die Kronen erst erblinden,
Wo soll man neue Scheiben finden?
Zwar will ich Euch durchaus nicht raten,
Den allzuhitzigen Soldaten
Euch anzureihn, die Gut und Blut
Dran setzen, die in tollem Mut
Sich selbst die Hintertür verschließen
Und wohl die Zähne gar verschießen,
Die kläglich leben, kläglich sterben,
Und denen alles fehlt, selbst Erben,
Weil ihnen für den Liebestrieb
Im heilgen Krieg nicht Muße blieb,
Und wenn weil längst schon Weib und Kind
Auf faulem Stroh verhungert sind;
Ei nein, der Toren muß man lachen,
Wir wollen es gescheiter machen.
Die Freiheit sei auch unsre Braut,
Wir werben, bis dem Vormund graut,
Und bis er heimlich, wie ers liebt,
Uns etwas aus dem Mahlschatz gibt,
Dann stehn wir ab und sprechen mild:
Das Mädchen ist noch viel zu wild!
Wir singen auch von Volkesheil,
Allein, man ist vom Volk ein Teil,
Und bei sich selber fängt man an,
Da man nicht allen helfen kann!

DER DICHTER *in höchster Entrüstung.*
Ich weiß nicht

MUSA.
Weißt nicht, was du sagst?
Dann tust du wohl, daß du mich fragst.
Du magst die andern Faxen machen,
Ich liefre die realen Sachen,
Dann wird aus unserm Dein und Mein
Ein Lustspiel, wie ein Stachelschwein.
Du siehst mich zweifelnd an, mein Knabe?
Merk auf, ich zeig dir, was ich habe.
Dies Epigramm auf einen König
Behagt dir ganz gewiß nicht wenig,
Er residiert ich sag nicht wo,
Wer zweifelt, ist ein Kopf von Stroh!

Sie rezitiert ein Epigramm, das man sich so scharf vorstellen kann, als man will.

Man schweigt? Man gähnt? Man sieht sich um?
Ist man fürs Witzige zu dumm,
Wie, oder hat man kein Gemüt?

DER DICHTER.
Ich glühe, wie der Hekla glüht,
Doch, kann ich keine Flammen speien,
Brennesseln mag ich nicht verstreuen!

MUSA.
Das nenn ich eine hübsche Phrase!
So bunt, wie eine Seifenblase.
Und ich verstehe auch den Sinn,
Es heißt: da ich kein Riese bin
Und keinen Donnerkeil empfing
Ein Mann zu sein, ist zu gering.
Auch gut. Ich öffne dir sogleich
Das Tor zu einem neuen Reich.
Auch in der Literatur gibts Größen,
Man spähe klug nach deren Blößen,
Wenn man die alten Götter schlachtet,
So wird man flugs als Zeus geachtet,
Und wenn man auch nicht donnern kann,
so knipse man nur dann und wann,
Dann heißts: es ist der alte Ton,

Allein mit Moderation!

DER DICHTER.

Nun schweig und geh, ich bitte dich,
Sonst, fürchte ich, vergess ich mich!

MUSA.

Entrüstet weich ich gleich vom Platz,
Erst aber zeig mir deinen Schatz,
Ist er so reich, so wohl gepflegt,
Daß ers Vermehre nicht verträgt?

DER DICHTER.

Ich will ihn nicht, den Bastardwitz,
Der, wie ein nachgemachter Blitz,
Aus Glas und Leder kläglich springt,
Ich will, was aus der Tiefe dringt.
Ich will kein illustriertes Wort,
Das heute glänzt und morgen dorrt,
Will Menschen, die wie Fackeln brennen,
Und ohne daß sies selbst erkennen,
Wie ein erleuchtet Alphabet
Dem sind, der die Natur versteht,
Und dämmernd über den Gestalten
Will ich ein wunderbares Walten,
Drin, wenn auch ganz von fern, der Geist,
Der alle Welten lenkt, sich weist.

MUSA.

O, daß es dir nicht glücken möge,
Daß dich ein Alp herniederzöge!
Ich wünsch dirs nicht aus Zorn und Haß,
Aus Mitleid!

DER DICHTER.

Wie versteh ich das?

MUSA.

Man denkt doch an Berlin, nicht wahr?

DER DICHTER.

Dir ist wohl alles offenbar!

MUSA.

Den Preis gewinnen will man da.

DER DICHTER.

Ich möchte ihn verdienen, ja!

MUSA.
Nun hab ich dich, nun merke auf!
Liegts etwa in der Dinge Lauf,
Daß diese Welt belohnt und ehrt,
Was nicht zu dieser Welt gehört?

DER DICHTER.
Dies ist die ältste aller Lehren:
Die Welt kann nichts so leicht entbehren,
Als eben das, warum sie Gott
Schuf und erhält. Das ist kein Spott.

MUSA.
Wir werden, räumst du dies nur ein,
Im Augenblick verständigt sein!
Sie setzten in Berlin den Preis
Aufs beste Lustspiel, wie man weiß.
Was ist ein Lustspiel nun? Ein Spiegel
Der Zeit, ein abgerißnes Siegel
Des Lebens, das, geschickt gelöst,
Das Tiefstversteckte fein entblößt.
Man will nicht des Kometenschwenkers
Geheimnis und des Sternenlenkers,
Man will erfahren, was der Staat,
Die Kirche auch, in petto hat.
Mit einem Wort: die Gegenwart
Ist, wie Narziß, in sich vernarrt,
Sie will ihr Bildnis, zart umrissen,
Dem lieben Sohn erhalten wissen,
Sie hat sich ihr Porträt bestellt,
Und du, du bringst das Bild der Welt.
Für deine Müh ich nichts zu hoffen,
Sie krönt nur den, der sie getroffen,
Und hast du Gott, den Herrn, gemalt,
So sei ers auch, der dich bezahlt!

DER DICHTER.
Du lästerst! Wie? Erlauchte Richter,
Sie sollten sich just das beim Dichter
Bestellen, was ein andrer Mann
Ja zehn Mal besser machen kann?

MUSA.
Du wirst es sehn! Zum letzten Mal
Stell ich dein Glück in deine Wahl,
Den Weg zum Sieg weiß ich allein,

Geh hin, mein Freund, dir solls gedeihn,
Ich habs mir einmal vorgenommen,
Du sollst auch mal zu etwas kommen,
Dreh deine Puppen, wie du willst,
Daß du der Dummen Kitzel stillst,
Allein bestecke sie mit Nadeln,
Dies wird sie ja wohl nicht entadeln,
Dann treibe sie durch Dick und Dünn,
Je längrer Weg, je mehr Gewinn,
Was sich an diese Nadeln setzt,
Das ist die Zeit, das wird geschätzt.

DER DICHTER.
Du weißt, ich hab dies schon verschmäht!

MUSA.
Ich sehe, wie ein Tor sich bläht,
Auch will ich jetzt nicht weiter sprechen,
Mich wird ma soeur Kritik schon rächen,
Die sagt Euch einst ins Angesicht:
Du hasts nur nicht, du kannsts nur nicht!

DER DICHTER.
Ich will, den Vorwurf abzutreiben,
All dein Geschwätze niederschreiben,
Dies machts vielleicht dem Haufen klar,
Daß ich dem Dornbusch nahe war;
Wer tiefer schaut, dem ist wohl deutlich,
Daß Anspiel-Witze, flach und zeitlich,
Im Lustspiel sind, was Pracht-Sentenzen
Im Trauerspiel, die auch ja glänzen,
Ja, daß sie diesen, die ein Kind
Verlacht, nicht ebenbürtig sind,
Da die, wenn auch in nichtgen Formen,
Doch deuten auf die ewgen Normen,
Wenn jene sich um Blasen drehn,
Die schneller, als entstehn, vergehn.

MUSA.
Und der Erfolg? Beim Falstaff gähnt
Doch mancher, dem das Auge tränt
Vor Lachen, wenn die Eisenbahn
Gegeißelt wird, der fromme Wahn,
Der noch an ewge Zinsen glaubt,
Nun man die Konkurrenz erlaubt.

DER DICHTER.
Wer wirds den Leuten denn verdenken,
Auf Meister Floh den Blick zu lenken?
Ists der nicht, der sie selbst bedroht?
Das hat nicht mit dem Löwen Not,
Der springt nur auf das Welt-All zu,
Und läßt die Würmer drin in Ruh!

MUSA.
Was wettest du? Dein Haupt so ganz
Zum Kranz gemacht, bleibt ohne Kranz?

DER DICHTER.
Kann sein, und sollt ich darum klagen?
Das werd ich gern und leicht ertragen
Wird er dem bessern Mann zuteil,
So ruf ich selbst von Herzen Heil,
Und krönt man eine Pöbelstirne,
Der du die Pfeile borgtest, Dirne,
So trag ichs noch einmal so leicht,
Ja, dann wär alles ja erreicht,
Was, wie du meinst, die Zeit begehrt:
Ein Bild der Zeit, und ihrer wert,
Dann wär ein Lustspiel ja gedichtet,
Indem man übers Lustspiel richtet!

MUSA *will gehen, kehrt aber wieder um.*
Man redigiert vielleicht ein Blatt
Und braucht es frisch an Schwertes Statt,
Dann freilich hat man Grund zu hoffen

DER DICHTER.
Du hast es wieder schlecht getroffen!

MUSA
lacht und geht ab. DER DICHTER.
Nein, nein, ich glaubs ihr nimmermehr,
Es gilt hier Deutschlands Ruhm und Ehr,
Drum halt ich ein im Prologus
Und warte auf den Stoff zum Schluß!

Der Diamant

Eine Komödie

Personen.

Der König.

Die Königin.

Die Prinzessin.

Der Prinz.

Der Graf, sein Vertrauter.

Hof-Damen und Kavaliere.

Jacob, ein Bauer.

Barbara, seine Frau.

Benjamin, ein Jude.

Kilian, ein Richter.

Doktor Pfeffer.

Meister Block, sein Wirt.

Schlüter, Gefängniswärter.

Jörg, ein Bauer.

Ein Jäger.

Erster Akt

Erste Szene

Bauernstube. Jacob und Barbara.

BARBARA. Ein für allemal. Wir sind arme Leute und haben gar nicht das Recht, barmherzig zu sein. Durch unsre Wohltaten können wir uns selbst wohl auf den Hund bringen, aber niemanden auf die Beine helfen.

JACOB. Hättest du den armen Menschen mit seinem Stelzfuß gesehen, du hättest ihm auch die Tür aufgemacht. Die Zähne klapperten ihm vor Frost, und doch war es so heiß, daß ein anderer gern sein Hemd ausgezogen hätte. Der Tod sah ihm aus den Augen.

BARBARA. Das ist noch das beste, daß er so schnell gestorben ist. Ich kochte ihm bei seinem eignen Bein die letzte Suppe, aber er hat sie nicht mehr gegessen.

JACOB. Bei seinem eignen Bein?

BARBARA. Bei dem Stelzfuß, ja. Das war wohl zu sehen, daß er nicht wieder aufkommen würde, und woher sollte ich Holz nehmen? Auch fragte ich ihn und er sagte nicht nein!

JACOB. Er sprach ja gar nicht. Nun liegt er im Grabe.

BARBARA. Ja wohl, und um ihn dahin zu befördern, haben wir Schulden machen müssen. Hättest du nicht für Branntewein und Tabak gesorgt, du hättest keinen einzigen Totenträger gefunden.

JACOB. Das wird bezahlt werden.

BARBARA. Auf Kosten des Kindes, das ich unter dem Herzen trage. Und einen unverschämteren Toten habe ich noch nie gesehen. Brauchte er nicht einen Sarg, noch einmal so lang, als du ihn brauchen wirst? Und du bist doch auch kein Zwerg, kein Kriech unter den Busch! Man fand dich nicht zu klein, als man die Soldaten für den Krieg aushob.

JACOB. Schweig nur endlich. Hat er dir denn etwa gar nichts ins Haus gebracht? Unter seinen Kleidungsstücken ist bei schlechtem Wetter noch dies und das brauchbar, besonders das große, bunte Tuch. Sieh da, das trägst du schon selbst um den Hals!

BARBARA. Mich ärgern die hochmütigen Reden, die er zuletzt führte. Wir würden mehr bei ihm finden, als wir dächten! Dabei zeigte er auf seine Brust und sprach: die Tochter des Königs hats mir gegeben! Ich dachte: dort hat er in der wollenen Jacke so viel eingenäht, daß man ihn dafür unter die Erde bringen kann. Als er tot war, untersuchte ich die Sache.

Aber was fand ich? Keinen goldenen Dukaten, wie ihn vielleicht Prinzessinnen, wenn sie mit Sechsen vorüberfahren, aus der Kutsche einem lahmen Bettler zuwerfen, nicht einmal einen harten Taler, wie ich doch zum allerwenigsten erwartet hatte, sondern einen Stein!

JACOB. Einen Stein?

BARBARA. Nichts anderes.

JACOB. Davon hast du mir ja kein Wort gesagt.

BARBARA. Es verlohnte wohl auch der Mühe. Vor Wut über meine getäuschte Hoffnung warf ich ihn aus dem Fenster.

JACOB. Das war verkehrt.

BARBARA. Nun, ich hab ihn wieder aufgelesen, als ich nachher zum Wasserschöpfen ging, denn er funkelte gar zu prächtig im Sonnenschein. Es ist ja doch vielleicht ein Ding, womit man das Kind zum Schweigen bringt, wenn es schreit.

JACOB. Gib ihn einmal her.

BARBARA. Hol ihn dir selbst, ich habe keine Zeit, ich muß in die Küche. Dort im Kasten liegt er, worin du deine rostigen Nägel aufbewahrst. *Ab.*

Zweite Szene

JACOB *allein.* Wer die sprechen hört, der sollte meinen, sie habe ein Herz mit einem Blitzableiter, wie vornehme Leute. Und doch ist sie eine so weiche Seele, wie eine, nur daß sie das Gute, das sie in der Übereilung tut, hinterher oft wieder bereut. Das ist ihr gar nicht so sehr zu verdenken, es ist ganz natürlich, daß uns das Brot einfällt, das wir weggegeben haben, wenn wir hungrig sind und den Brotschrank leer finden. Was mich betrifft, so bin ich selbst Soldat gewesen, und der Himmel hat mir meine gesunden Beine gelassen: wie könnt ich ihm für seine Gnade besser danken, als dadurch, daß ich den Kameraden, dem Bonaparte sie wegschoß, bei mir aufnehme? *Er nimmt aus der Tischschieblade einen alten Kasten hervor.* Ei, das glänzt ja, wie Feuer! Man sollte glauben, es sei ein Edelstein! Doch nein, womit hat der Tote verdient, daß ich ihn noch im Grabe beleidige? Wär dies ein Edelstein, so wär er auch ebenso gewiß ein Dieb, denn das mit der Prinzessin *Er betrachtet den Stein.* Bei alledem, in unsern Steinbrüchen finden sich solche Prachtstücke nicht, man trifft dort nur bürgerliches Pack, Quarze, Kiesel und dergleichen, aber nichts, was schimmert und gleißt, als wär es von der Sonne heruntergefallen! Geht dort nicht ein Jude?

Er sieht aus dem Fenster. Der kommt zur rechten Zeit! *Er ruft.* Heda, Ihr, im blauen Rock, tretet einmal heran!

Dritte Szene

BENJAMIN *tritt ein.* Was beliebt?

JACOB. Was sagt Ihr zu diesem Stein?

BENJAMIN *betrachtet ihn, für sich.* Ein Diamant! So gewiß, als ich keiner bin! Ist es denn möglich? Hier, wo selbst die Kupfer-Dreier nur sonntags einsprechen? Groß, wie ein Tauben-Ei! Fleckenlos! Wer den hat, der braucht nichts weiter!

JACOB. Nun?

BENJAMIN. Den Stein habe ich schon gesehen!

JACOB. So? Wo denn?

BENJAMIN. Wo? Wo? Ei nun, eben da, wo Ihr ihn weggenommen habt.

JACOB. Ich? Euch soll ja der Teufel

BENJAMIN. Nun, wenn Ihr es nicht tatet, so tat es

JACOB. Der Soldat! Das laß ich mir eher gefallen! Der ist tot! Wer ihn noch aufhängen wollte, käme zu spät!

BENJAMIN *den Stein in die Höhe haltend.* Wer der Dieb auch sein mag, er war ein Tropf! Wo der Stein lag, lag Besseres. Nun, Ihr wollt das Ding verhandeln. Ich kanns brauchen. Zufälliger Weise. Auf meinem Stock seht her fehlt das Knöpfchen. Der Stein paßt, ich nehme ihn!

JACOB. Und was gebt Ihr?

BENJAMIN. Ein Stück Silber, dreimal so groß, als der Stein! *Er wirft einen Taler auf den Tisch.*

JACOB. Wer so viel gibt, der gibt auch mehr. Aber still! Hört Ihr nicht etwas?

BENJAMIN. Hühnergeschrei, weiter nichts.

JACOB. Richtig. Ein Huhn gackelt. Darauf warten wir schon drei Stunden, denn die Pfannkuchen Frau!

BARBARA *sieht in die Tür.* Was rufst du? Du weißt, daß ich wasche!

JACOB. Hab ich nicht gesagt, daß es zu Mittag noch Eier geben würde? Hörst du jetzt?

BARBARA. Bring sie mir erst, dann will ich mich freuen. Wahrscheinlich ists die gelbe, die legt die Eier immer weg. Weihnachten, so wahr ich lebe, soll sie in den Topf! *Ab.*

JACOB. Das ist wahr. Darum will ich suchen, solange das Gackeln noch dauert. Das zeigt die Stelle an. *Zu Benjamin.* Bleibt derweil und überlegt, ob Ihr hundert Taler aufbringen könnt. Ich diente im achten Bataillon. Da gabs keine Esel! *Ab.*

Vierte Szene

BENJAMIN *ihm nachsehend.* Man siehts! Hundert Taler! Ja, wenn ich sie aufzutreiben wüßte, ich würde sie geben. Dann hätt ich den Stein mit Ehren und mit Sicherheit. Aber selbst diesen einen Taler würd ich nicht haben, wenn ich nicht aus Versehen heut morgen die Hose meines Bruders angezogen und das Geldstück, nebst dem Schlüssel, womit er zu klimpern pflegt, in der Tasche gefunden hätte. Das kommt von der Ehrlichkeit! Hätt ich gestohlen, gewuchert, betrogen, wie andere, so könnt ich nun einen Handel machen, der mich auf zeitlebens mit Reichtum überschütten würde. Aber man wollte besser sein, als Vater und Großvater, dafür steht man denn jetzt auch mit leerer Ficke da und erinnert sich all der schönen Gelegenheiten, wo man sie hätte füllen können, mit Ingrimm und Verdruß. Fehlte es mir etwa daran? Bin ich tugendhaft aus schnödem Mangel an Versuchung? Wahrlich, nein! Hat mir nicht einmal ein ehemaliger Schulkamerad den Schmuck, den er seiner Mutter entwendet hatte, anvertraut, ohne Empfangschein und alles, und hat er mir nicht sogar, als ich ihm den Schmuck wieder aushändigte und ihm dabei lächelnd bemerkte, daß ich ihn, wenn es mir beliebte, auch wohl behalten könnte, wegen dieses unschuldigen Worts undankbarer Weise die Freundschaft aufgekündigt? Hab ich nicht ein ander Mal mit höchster Geschicklichkeit in der Residenz auf der Messe einem Fremden die goldene Uhr aus der Tasche gezogen, und hab ich sie ihm, weil mir plötzlich allerlei Edles und nebenbei auch der Galgen in den Sinn kam, nicht ebenso geschickt wieder hinten in die Rocktasche hinein geschoben und mich stolz von ihm abgewandt? Hätt ich Schmuck und Uhr behalten und zu Gelde gemacht, so würde ich jetzt um hundert Taler nicht verlegen sein. Ehrlicher Name! Ich habe dich lange genug gemästet und bin mager geblieben, um dich fett zu machen, aber heute sollst du daran! Ich will sehen, ob du dir was auf die Rippen gefressen hast, ich will sehen, ob der Benjamin von gestern, der noch keinem Menschen was nahm, den Benjamin von heute, der, wenn er kein Narr ist, nicht ohne diesen Diamanten von hinnen gehen wird, mit dem Schild seines spiegelblanken Rufs gegen Verdacht und Anklage schützen kann. Oder soll ich das Glück auch dies Mal von mir weisen, soll ich *Er tuts.* dem Edelstein den Rücken und der blauen Luft das Gesicht zukehren? *Er wendet sich.* Nimmermehr! Meine Tugend würde vor Gott hinterdrein doch zunichte werden, denn ich würde sie bereuen, sooft ich geflickte Stiefel oder einen gestopften Rock anziehen müßte, und am Ende zwängen mich Hunger und Not, ein Paar elende Pfenninge zu stehlen, um mir Brot zu kaufen, weil hol mich der Teufel, es wär die verdiente Strafe dafür, daß ich den Diamant nicht gestohlen hätte! Allerdings stiehlt keiner mit gutem Gewissen. Aber bin denn gerade ich derjenige, der beim Himmel keine Anleihe machen, der nicht die kleinste Schuld kontrahieren darf? Kann ich sie ihm nicht wieder abverdienen, kann ich nicht der Vater der Bedrängten werden, kann ich nicht als Beschützer der Unschuld Ha, Taten schweben mir vor! Ein Schurke, der sie nicht ausführt, und also auch ein Schurke, der sich des Mittels nicht bemächtigt, ohne das sie unmöglich sind! Ich werde Ja, so wahr Wozu prahlen und schwören? Wirds der Bauer etwa auch tun? Der Bauer, der den Willen gar nicht haben kann, weil er ja nicht einmal den Gedanken hat? Was steh ich denn noch mit dummen krummen Fingern! Ist eine Sünde, die mit lauter Tugenden niederkommt, noch Sünde zu nennen? Wenn aber nicht das, was wäre sonst zu bedenken? Der Bauer darf nicht klagen, denn sein Huhn hat den Stein gewiß nicht aus Michels Misthaufen hervor gescharrt, und es heißt Dieb gegen Dieb. Nur eins ist zu befürchten, daß er mir nacheilt und mir das Kleinod wieder abjagt, denn meine Fäuste hat er mitbekommen, wie ich sein Gehirn. Doch, da ist zu helfen. *Er verschluckt den Diamant.* So. Holt er mich nun ein, so habe ich den Stein verloren. Was kann man nicht verlieren, wenn man Lunge und Leber ausnimmt? Ohnehin ist der Wald nah. Den Taler laß ich liegen. Dann ists immer noch eine Art von Kauf. Nun fort, aus dem Dorf, und, sobald als möglich, aus dem Lande heraus! *Ab.*

Fünfte Szene

JACOB *tritt mit Eiern ein.* Diesmal hätten wir den Marder betrogen. Da sind die Eier, noch warm, ein ganzes Nest voll. Aber, was ist das? Wo blieb der Jude? Frau! Frau!

BARBARA *kommt.* Was willst du?

JACOB. Ist der Jude draußen in der Küche bei dir?

BARBARA. Dumme Frage! Was sollt er da?

JACOB. Dann Nein, ich weiß selbst nicht, soll ich fluchen und toben, oder soll ich jubeln und springen?

BARBARA. Bist du verrückt?

JACOB. Wo ist mein Hut? *Er setzt ihn auf.* Falte die Hände, Weib und danke Gott, ich habe keine Zeit dazu. Wo ist mein Stock? *Er nimmt ihn und schwingt ihn.* Drei Füchse hab ich schon damit erlegt, der Jude soll der vierte sein! Ich schlag ihn tot, wo ich ihn treffe! Das schwör ich!

BARBARA. Sei nicht törigt, Jacob. Du kannst kein Lamm abstechen, keinen Hammel, du bist mir der rechte Juden-Totschläger. Doch, ich kenne dich ja! Du warst im Schwören immer ein Türk, aber im Halten bist du ein frommer Christ.

JACOB *ohne auf sie zu hören.* Daß dich! Nun, ich bin noch nicht zu alt fürs Glück. Vierzig Jahre man kann noch manche gute Mahlzeit halten! Wär ich sechzig, ich würde mir Haare aus dem Kopfe raufen. *Zu Barbara.* Lämmer! Das ist was anderes. Die Lämmer haben mir bis jetzt noch nichts entwendet. Hämmel! Kennst du Hämmel, die Steine einstecken? Zeig sie mir! Ich würge sie, wie ich den Juden würge. *Er sieht den Taler auf dem Tisch.* Sieh da! Wart, Halunke! Damit werf ich dir das erste Loch in den Kopf!

BARBARA. Was ists denn mit dem Stein, daß du dich so närrisch hast?

JACOB. Was es mit dem Stein ist? Gib acht! Ich wills dir zeigen! *Er setzt sich gravitätisch in einen Lehnstuhl und nimmt eine befehlende Miene an.* Paul! »Was befiehlt Herr Jacob?« Nichts. Ich wollte nur sehen, ob du heute Baumwolle in den Ohren trägst oder nicht! »So kann ich wieder gehen?« Nein, da du einmal hier bist, magst du bleiben. Gib die Karten her und setz dich zu mir an den Tisch. Wir wollen spielen! »Ich habe kein Geld!« Nimm dir, du weißt, der Sack steht hinterm Ofen! »Wie viel?« Ich wills nicht wissen, du siehst, ich mache die Augen zu. Ich kanns dir ja wieder abgewinnen!

BARBARA. Hör auf mit deinen Dummheiten!

JACOB. Nun kommst du. *Er setzt sich auf einen andern Stuhl.* Anna! »Was soll ich, Frau Barbara?« Wenn ein Hausierer kommt, laß ihn ja nicht vorüber! »Ich will schon aufpassen!« Die Menschen haben nur so selten gute Ware. Ich muß durchaus zur Stadt. Ist das Fleisch aufgesetzt? »Noch nicht!« Daß dich das Donnerwetter! Zu zwölf soll die Suppe auf dem Tisch sein. Nun, es ist dein eigner Schade. Ich wollte dir ein neues Kleid schenken, nun bekommst du bloß eine Schürze!

BARBARA. Es ist wohl auch an der Schürze genug!

JACOB *steht auf.* Gefällt dir das? Das hättest du für den Stein haben können!

BARBARA. Für den Stein, den ich aus dem Fenster warf?

JACOB. Ja doch, ja, denn es war ein Edelstein, ein solcher, wie ihn der König auf der Krone trägt!

BARBARA. Bild dir nichts ein!

JACOB. Ich dachte es gleich, als ich ihn so blitzen sah, aber nun weiß ich es ganz gewiß. Der Jude hat ihn gestohlen, einen bessern Beweis brauch ich nicht, wenn ich das zu einem Christen sage, so käuft er ihn im Finstern und gibt mir das Geld bei Licht! Und nun halt mich nicht länger auf. In vier Wochen ist dein Geburtstag. Besinne dich auf deinen liebsten Wunsch, während ich fort bin, damit du mir ihn gleich sagen kannst, wenn ich wieder komme. Aber was Ordentliches! Nichts von einem neuen Band auf die Mütze, oder dergleichen! Wir sind jetzt reiche Leute! *Ab.*

BARBARA. Sind wir das? Nun, dann will ich wahrhaftig nicht bei dem Band stehenbleiben, sondern mir gleich die Mütze selbst wünschen. Und an dem Tag, wo ich sie erhalte, will ich zum ersten Mal wieder in den Spiegel blicken. Solange ich verheiratet bin, hab ich das nicht mehr getan, denn so lange hab ich mir nichts Neues auf den Leib geschafft, und wie ein Faden nach dem andern abreißt, das mag der Teufel ansehen. Ich bin doch neugierig, wie alt ich geworden bin! *Ab.*

Sechste Szene

Königliches Schloß.
Zimmer der Prinzessin. Die Prinzessin auf einer Ottomane. König. Königin. Hofdamen. Kavaliere.

KÖNIGIN. Wie ist dir, liebe Tochter?

PRINZESSIN. Wohl, Mutter. Besser, wie dir, denn du sorgst dich um mich.

KÖNIGIN. Kind, daß du so an dir hältst, daß du eine Ruhe erheuchelst, die dir fern ist, das betrübt mich am meisten. Ich weiß, daß du tagelang in dich versenkt, wie ein Bild, dasitzen kannst, als ob du dich in der Fülle des Lebens auf nichts, als den Tod, zu besinnen wüßtest; aber sobald du mich kommen hörst, fährst du auf, greifst nach deiner Laute und singst den Schluß eines heitern Liedes, oder tändelst mit deinem Schmuck, deinen Blumen, ja, wenn ich dich überrasche, so stellst du dich, als ob du eben im linden Schlummer wärst, und lächelst, wie aus einem Traum heraus, mich an. Ich verstehe dich, ich erkenne den Adel deines Gemüts, das seinen Kummer vor mir zu verbergen sucht, weil ich ihn nicht teilen soll, aber du irrst, wenn du glaubst, daß ich zu täuschen sei, du wirst von Tag zu Tag bleicher, dein Auge strahlt in einem seltsamen Glanz, der mich erschreckt, deine Jugendblüte welkt. Was ist dir?

KÖNIG. Sieh nicht vor dich nieder, Tochter, sieh deiner Mutter ins Angesicht, und dein Herz wird sich in Vertrauen lösen. Und wenn deines Vaters, wenn eines Mannes Gegenwart dich ängstigt, so sprich nur ein Wort, und ich ziehe mich zurück.

PRINZESSIN. O meine Teuersten, diese Teilnahme, diese Güte rührt und beschämt mich, aber warum mich zum Reden zwingen! Ja, ich gestehs, ich habe in die Zukunft einen schaudernden Blick getan, ich habe das Notwendige, das Unabänderliche erkannt, und dies Bewußtsein des Kommenden zehrt, wie ein Brand, an meinem Innersten. Aber soll ich mit diesem Brand die Welt meiner Liebsten und Nächsten, die sich still in schönem Frieden um mich herum bewegt, entzünden, soll ich gleich jenen bacchantischen Weissagerinnen des Altertums die Lust des heutigen Tags ersticken, ohne doch das Schicksal des morgenden abwenden zu können; soll ich ihn nicht vielmehr tief in meine Seele verschließen? Dränge sich denn in den finstern Kreis, der sich um mich herum gezogen, der mich geheimnisvoll von der Welt, von Euch, von allem, was ich liebte und verehrte, abgeschieden hat, so daß mir schon zuweilen ist, als könnte Euch mein Auge nicht mehr erkennen, meine Hand nicht mehr erreichen, keiner hinein; wir alle sind Opfer, o Gott, ich weiß es ja, aber vielleicht bin ich das einzige, welches dazu verdammt wurde, den Todesstreich schon zu fühlen, bevor er noch trifft!

KÖNIGIN. Tochter!

KÖNIG. Sie träumt! Forschen wir nicht weiter, und suchen wir nach und nach aus Andeutungen, die ihr unbewußt entfallen, zu erfahren, was ihr Gemüt so wunderbar bewegt. Wer den Menschen zwingt, unter sich selbst hinabzuschauen und das schmale Fundament seines Daseins ins Auge zu fassen, um Rechenschaft davon zu geben, kann ihn für ewig verwirren. Sie ist, wie ein nur halb gebornes Wesen, das alle Zuckungen der Natur noch mitfühlt, das sich vor dem Licht der Sterne öffnet, und vor dem der Sonne verschließt. War sie doch schon als Kind nur nachts in ihrem Schlummer rot und blühend und bei Tage farblos und blaß.

KÖNIGIN. Ach ja, und ihr Schlaf, ihr tiefer, tiefer Totenschlaf! Oft habe ich sie mit einem zitternden Kuß geweckt, weil ich zweifelte, ob sie noch lebe.

KÖNIG. Und hielten wir sie nicht lange für stumm, weil sie all ihr Denken und Wollen, bis in ihr drittes, viertes Jahr hinein, nur durch Blicke, durch Mienen und Gebärden ausdrückte?

KÖNIGIN. Aber als ich mich einmal, von Schmerz überwältigt, über die Spielende hinbeugte und unter heißen Tränen ausrief: o Kind, wie unglücklich bin ich, daß du nicht sprechen kannst! wie hängte sie sich da schmeichelnd an meinen Hals und sagte mit einer Glockenstimme: ich kann ja! ich kann ja!

KÖNIG. Darum wollen wir uns auch jetzt beruhigen. Sie geriet noch, solange sie lebt, aus einer phantastischen Region in die andere hinein, es scheint, als ob die Grenze zwischen den wirklichen und den eingebildeten Dingen für sie nicht da ist, aber sie wird aufhören, zu träumen, sobald sie Pflichten zu erfüllen hat, und es ist ein Glück, daß die Bewerbung des Prinzen gerade jetzt kommt. Er wird schon mit Ungeduld harren. Prinzessin!

KÖNIGIN. Verschonen wir sie nicht noch?

KÖNIG. Mit allem, nur nicht mit der Arznei! *Zur Prinzessin.* Der Prinz wünscht, Ihnen seine Aufwartung zu machen.

PRINZESSIN. Mir, mein Vater? Ich ich bin aber krank!

KÖNIGIN. Deine Stunde schlägt, mein Kind!

PRINZESSIN. Wie, Mutter, versteh ich?

KÖNIGIN. Du trittst in wenig Tagen in dein funfzehntes Jahr!
PRINZESSIN. Und O, Mutter, das hättest du mir auch wohl Doch nein, vergib, ich hab unrecht mit diesem Vorwurf, ich habe dich nur nicht verstanden, als du neulich *Sie bricht ab; nach einer Pause fest und entschieden.* Der Prinz mag kommen!

KÖNIG *gibt einen Befehl, ein Kavalier geht ab, gleich darauf treten der Prinz und der Graf ein.*

KÖNIG. Prinzessin, Ihr Bräutigam! Prinz, Ihre Braut!

PRINZ. Welche himmlische Schönheit! *Zum Grafen.* Nein, Graf, das Gemälde, das Sie mir überbrachten, ließ mich viel erwarten, aber wie tief blieb meine Erwartung unter der Erfüllung! Der Maler verdient keinen Lohn! Und doch! Doch! Für seine Kühnheit! *Zu der Prinzessin.* Wenn ich vor so viel Zauber und Liebreiz zu verstummen scheine, so ist es nur, weil ich durch den vollen Ausdruck meines Gefühls zu verletzen fürchte, und weil mir doch nur die Wahl bleibt, ob ich ganz schweigen, oder mein Gefühl ganz aussprechen will!

PRINZESSIN *sich hoch aufrichtend.* Prinz, haben Sie den Mut, sich einer Sterbenden zu vermählen? Wollen Sie den Tod, der sich mit Rosen bekränzt hat, in die Arme schließen?

KÖNIGIN. Welch ein Wort!

PRINZESSIN. Der entscheidende Moment ist da, ich darf es nicht länger verbergen! *Zum König.* Sie, mein Vater, legten den verhängnisvollen Diamant, an den sich das Schicksal unsers Hauses knüpft, in meine Hände

KÖNIG. Weil ihn von jeher die älteste Prinzessin bewahrte!

PRINZESSIN. Ich habe ihn nicht mehr!

KÖNIG *erschüttert.* Unglückli *Sich beherrschend.* Er wird sich wieder finden!

PRINZESSIN. Nie, o nie, der Geist, der ihn dem Ersten unsres Stammes gab, hat ihn von der Letzten, denn das bin ich, selbst zurück gefodert!

KÖNIG *für sich.* Ist, was ich schon oft befürchtete, eingetroffen? Ist sie wahnsinnig geworden? *Zum Prinzen.* Mein Prinz, die Prinzessin scheint krank zu sein, oder vielmehr, sie scheint sich von ihrer Krankheit noch nicht so weit erholt zu haben, als ihre Mutter glaubte. Eine andere Stunde

PRINZ. Ich bin unendlich betrübt! *Will abgehen.*

PRINZESSIN. Nein, Prinz, bleiben Sie! Es ist mir von hohem Wert, daß auch Sie vernehmen, was ich zu verkünden habe. Sie, mein Vater, haben mir die Sage von dem Diamanten, an demselben Tage, wo Sie mir den edlen Stein übergaben, mitgeteilt und unauslöschlich hat sie sich mir eingeprägt. Dennoch mögte ich Sie um die Gnade bitten, sie zu wiederholen, damit sie alle sich überzeugen, wie genau jeder Umstand mit dem, was ich erlebte, übereinstimmt!

KÖNIG *halb zum Prinzen gewendet.* Ich weiß nicht, mein Prinz, wie weit Sie die Schwäche teilen oder begreifen, die, ich will es gestehen, auch mich auf einen Stein, an den sich viel Mystisches knüpft, einen höheren Wert legen läßt, als der Juwelier, der ihn abschätzt, billigen mag. Lächeln Sie, aber hören Sie! Als Kaiser Friedrich Barbarossa nach Italien zog, um das trotzige Mailand vom Erdkreis zu vertilgen, da hatte sich ihm auch der Stammherr unsers Geschlechts mit seinen Scharen angeschlossen. Wie Friedrich in Italien hauste, das hat die Geschichte nicht vergessen, der große Kaiser glaubte, daß nie zu wenig, immer zu viel Menschen auf Erden seien, er schonte nicht Land, noch Leute, in seiner Nähe verstummten Mitleid und Barmherzigkeit, wie Kinder, die etwas Törigtes wollen, vor einem ernsten Blick. Einst, in der Dämmerung, ritt mein Ahn dem gewaltigen Kaiser zur Seite, Friedrich, mitteilender, wie sonst, ließ manchen Wink fallen, der wetterleuchtend die Gewitter der Zukunft verkündigte, mein Ahn sah in eine Welt voll Blut und Grausen hinein. Da trat auf einmal den beiden einsamen Reitern eine Jammergestalt in den Weg. Es war ein verstümmelter Soldat. Aus hohlen Augen blickend und statt der Hand den Stumpf des linken Armes erhebend, sah er den Kaiser an, mit der rechten Hand hielt er mühsam den Stab fest, auf den er sich stützte, weil das Bein ihm fehlte. Friedrich winkte ihm, auf die Seite zu gehen, aber der Soldat warf sich, statt zu gehorchen, quer vor die Pferde nieder. Friedrich ritt gelassen über ihn hinweg, und setzte das Gespräch fort, mein Ahn, schaudernd, nahm einen Umweg. Plötzlich stand die Gestalt wieder vor ihnen, aber verwandelt, riesig und wild; sie griff dem Kaiser in die Zügel und rief ihm ein Wort zu, dann wandte sie sich zu meinem Ahn und sprach: Du hast gezeigt, daß du ein Mensch geblieben bist, nimm diesen Diamanten zum Lohn! Solange er bei deinem Hause bleibt, ist das Glück dir und deinen Nachkommen treu; dem Letzten deines Stamms werde ich selbst ihn wieder abfodern. Der Kaiser, der erst still geworden war, lachte, als er sah, daß mein Ahn den Stein einsteckte. Zu Euch rief er hat der Prophet deutlich gesprochen, uns hat er bloß ein unverständliches Wort zugeraunt, das Wort Kalykidnos! Es ist der Name deines letzten Feindes! sprach die Gestalt und verschwand. Sie lächeln nicht, Prinz? Fällt Ihnen ein, daß Kaiser Friedrich im Bach Kalykidnos ertrunken ist.

PRINZESSIN. Nun hören Sie mich, mein Vater! Schon in jener Stunde, wo Sie mir dies alles mitteilten und wo ich den geheimnisvollen Stein zum ersten Mal berührte, ging mir, wie von ihm ausströmend, ein Todesschauer durch die Seele, und jeder Blutstropfe, gefrierend und langsamer dahin rollend, ließ mich fühlen: Du bist die Letzte deines Stamms! Mir war, als ob er mein Leben, mein Blut, einsöge, ich verbarg ihn auf meiner

Brust und dachte: er wird rot aussehen, wenn du ihn wieder hervorziehst! Wie oft sah ich seitdem im Traum die Gestalt vor mir stehen, die das Pfand des Glücks stumm und ernst zurück foderte. Vor vierzehn Tagen saß ich allein, ohne meine Frauen, in einer Gartenlaube, ich hielt den Diamant in der Hand, die Sonne sank, er funkelte, wie ein Auge, in ihrem verdämmernden Scheidestrahl. Ich betrachtete ihn lange und dachte an den Geist; als ich aufsah, stand der Geist vor mir!

KÖNIG. Der Geist?

PRINZESSIN. Ganz, wie Sie ihn beschrieben, wie ihn der Ahnherr sah. Ein Verstümmelter, ohne Bein, aus hohlen Augen blickend, kein Wort, keinen Laut von sich gebend, eine Grauengestalt, nicht tot, nicht lebendig. Stumm, wie er vor mir stand, von Entsetzen überwältigt, warf ich ihm den Diamant zu, bewußtlos, als hätt ich ihm mein Leben selbst hingeworfen, sank ich zurück, und als ich wieder erwachte, war er spurlos verschwunden. Aber seit jenem Abend ist mir zumut, als wär ich eigentlich schon tot, und das weiß ich, daß ich es bald, sehr bald sein werde. Denn wer sah einen Boten aus jener Welt, und mußte ihm nicht folgen! Mutter

Sie wird ohnmächtig, die Königin empfängt sie in ihren Armen.

KÖNIG *für sich.* Wäre das mehr, als Traum und Einbildung? Die Krone schwankt auf meinem Haupt, wenn ichs nur denke. Nein, es ist keine Wahrheit, es soll keine sein! *Laut.* Hier ist ein ungeheurer Betrug gespielt worden, ein höchst strafbarer, den wir aber, um den Diamant nur wieder zu bekommen, auf sich beruhen lassen müssen. *Er sinnt; dann plötzlich.* So seis! Das letzte und äußerste Mittel sei das erste, das in diesem dringenden Fall ergriffen wird. *Gegen die Kavaliere.* Es werde sogleich bekannt gemacht, daß ich den Stein einem jeden, der ihn bringt, mit einer halben Million bezahlen, und das Verbrechen, wodurch er ihn erlangt haben mag, gar nicht ahnden, ja nicht einmal darnach forschen will!

Ab mit Gefolge.

Zweiter Akt

Erste Szene

Ein Wald. Doktor Pfeffer und Meister Block treten auf.

BLOCK. Nun, Doktor? Ihr habt mich wieder angeführt. Zum wievielten Male ists doch?

DOKTOR PFEFFER. Ihr habt recht, es ist hier heiß, sehr heiß. Das stellt einen Wald vor und gibt nicht so viel Schatten, daß zwei Leute daran genug haben. Man schwitzt, als ob man dafür bezahlt würde, und was wettet Ihr, wenn wir eine Quelle antreffen, und unsern Durst einmal auf schnöde Weise löschen wollen, so hat sich eben vorher ein Ratz darin ersäuft. Der Teufel hole die Nadelhölzer! Sie qualmen, als ob sie Tabak rauchten.

BLOCK. Ich sprach nicht von der Hitze und vom Durst.

DOKTOR PFEFFER. Nicht? Wovon denn? Wer gebraten wird und an etwas anderes, als ans Feuer denkt, oder ans Wasser, das das Feuer auslöschen kann, der ist keine Kreatur, die Gott gemacht hat.

BLOCK. Ich habe jetzt zwei Tage über Eure Schnurren und Einfälle gelacht. Seid zufrieden! Endlich werd ich Euch ein ernsthaftes Gesicht zeigen!

DOKTOR PFEFFER. Und Ihr nehmt das Muster nach Eurer Frau. Richtig! So ungefähr sah sie aus, als Ihr das letzte Mal betrunken mit mir zu Hause kamt. Nur die Augbraunen müßt Ihr noch ein wenig à la Jupiter zusammenziehen. Ihr wißt doch, wer Jupiter ist? Ich wills Euch sagen, damit Ihr nicht das alte Adreßbuch nachschlagt, das sich aus der Stadt zu Euch verirrt hat. Er ist ein abgedankter Gott!

BLOCK. Doktor, es ist schändlich von Euch, daß Ihr einen Mann, dem Ihr so viel schuldig seid, aufzieht, wie Ihr nur könnt. Wenns nicht aus Respekt vor der Gelehrsamkeit, vor dem, was ich nicht weiß, geschehen wäre, meint Ihr, ich hätt Euch so lange geborgt?

DOKTOR PFEFFER. Warum macht Ihr Euch nicht bezahlt? Werdet krank, und steht nicht eher wieder auf, als bis ich den letzten Heller mit Rezeptschreiben abverdient habe. Mich habt Ihr ja immer in Händen.

BLOCK. Hab ich denn recht? War wirklich alles Lüge, was Ihr sagtet? Ich hoffte, Ihr solltet widersprechen!

DOKTOR PFEFFER. Was sagte ich, Block?

BLOCK. Nun, nicht daß Ihr Euch erinnert, denn Ihr habt für Flausen ein Gedächtnis, nur daß Ihr Euch schämt! Als meine Frau Euch dies Mal die Rechnung brachte sie setzt sie alle Jahr einmal auf, aber sie hat, wie Ihr wißt, nichts davon, als daß sies Schreiben nicht ganz vergißt da nahmt Ihr einen hohen Ton an, danktet ihr und mir in Worten, die fast zu vornehm für Euch und uns waren, für die lange Nachsicht, und tatet einen feierlichen Schwur, daß Ihr nun Ernst machen wolltet. Ich wurde Euch ordentlich gut, als ich Euch so vernünftig schwören hörte, meine Frau schmunzelte und zeigte die Zähne, die sie nicht mehr hat, wir glaubten alle beide man sollte sich ohrfeigen, indem man es gesteht, denn woher sollt Ihr Geld nehmen? Bärte scheren wollt Ihr nicht, und vor Krankheiten hüten die Leute auf dem Lande sich, und wenn sie welche bekommen, so bekümmern sich die wenigsten um Eure neue Lehre, daß, wer stürbe, ohne den Arzt gerufen zu haben, von Gott als Selbstmörder gerichtet werde wir glaubten, daß Ihr gleich einen vollen Beutel hervor ziehen würdet!

DOKTOR PFEFFER. Tat ich das nicht?

BLOCK. Tatet Ihr es je? Fragt noch! Nun setztet Ihr Euch an den Tisch, stütztet den Kopf und machtet ein mitleidiges Gesicht. »Der Mensch hat mich beleidigt, das ist wahr spracht Ihr, wie zu Euch selbst aber ich will das vergessen, ich will barmherzig sein, denn was muß er jetzt nicht aushalten! Er ist drei Mal so dick, als ein anderer, er leidet auch drei Mal so viel Schmerz!« Meine Frau ward neugierig und fragte Euch, wen Ihr meintet. »Den Richter Kilian in Walddorf, wen sonst?« Ist der krank? »Krank? Zum Sterben! Ich sage dir, Brigitte, wenn all die Kreaturen, die sein Wanst verschlungen hat, wieder lebendig würden und von ihm ihr Fleisch zurück foderten, wenn die Kalekuten sich über seine rote Nase hermachten, wenn die Hühner miteinander um seine Augäpfel kämpften, die Schweine und Ochsen um sein Eingeweide, es wäre nichts gegen die Qualen, die er jetzt erduldet. Und was das Schlimmste ist, der Mann weiß, daß ich ein Christ bin, und traut mir doch nicht zu, daß ich verzeihen kann, er wagt nicht, zu mir zu schicken, weil er glaubt, daß ich ihm eine alte Eselei nachtrage, aber Hunderte würde er geben, wenn ich von selbst käme!« So tuts doch! So geht doch! Eure Stiefeln sind blank, Euer Rock ist gebürstet! Nun standet Ihr auf, klopftet ihr auf die Schulter und spracht: ich schlug dir noch nie etwas ab, Brigitte, ich will auch heute tun, was du willst, aber nun mach auch keine Umstände und rücke mit einigen Talern zur Reise heraus. Ich will mir gleich, wie ich ankomme, vom Richter das Doppelte wieder geben lassen, dein Mann kann mitgehen und es in Empfang nehmen; gibst du zwei Taler, so bekommst du vier, gibst du vier, so bekommst du acht, gibst du einen, so bekommst du freilich nur zwei. Sie ließ sich locken und gab das Geld, ich

DOKTOR PFEFFER. Ich habe es mit vertrinken helfen! Etwas anderes wolltet Ihr doch nicht sagen? Woher kommt Euch dies Spätrot auf den Backen, diese Nachsommerglut im ausgebrannten Ehmanns-Auge, dieser Betglocken-Baß, worin Ihr mit mir zu reden wagt? O Undankbarkeit, du bist das frechste Laster! Aus meinem eignen Wein holt der sich die Courage, die er braucht, um mir meine Menschlichkeiten vorzuwerfen. Hätt ich ihn nicht mittrinken lassen, er würde, wenn ichs verlangt hätte, seinen Rock ausgezogen und ihn zum Pfand für meine Zeche hingegeben haben. Jetzt spricht er, wie ichs erst am Jüngsten Tag zu hören hoffte!

BLOCK. Ich merkte schon gestern Unrat. Gleich ins erste Wirtshaus hinein. Stundenlang gesessen. »Wollen wir nicht weiter?« »Laß den Kerl nur noch zappeln. Je größer die Not, je willkommener der Retter.« So gings fort. Nun sind wir so dicht vor Walddorf, daß wir die Eierkuchen, die die Leute backen, schon riechen können, und ich fürchte, der erste, der uns frisch und gesund entgegen kommt, ist der Richter.

DOKTOR PFEFFER. Das ist möglich. Aber weißt du, wie wirs dann machen? Ich stelle mich hinter einen Baum, du fällst über ihn her und schlägst ihn halb tot. Sobald er für ein Krankenlager von drei Monaten genug hat, tret ich hervor, verjage dich und verbinde den Verwundeten. Dann habe ich einen Patienten, und wir haben alle beide Geld. Was meinst du?

BLOCK. Ich habe keine Antwort, die so schlecht ist, daß ich sie auf eine solche Frage wegwürfe. Was, wär es nicht genug, daß ich mich krank stellen muß, sooft Ihrs verlangt, drei, vier Mal des Jahrs und mehr, damit Ihr Euch hinterdrein mit meiner Herstellung brüsten könnt? Glaubt Ihr, es sei ein Spaß, so vor den Leuten, die einen besuchen, zu ächzen und zu stöhnen, wenn man nichts fühlt, über Appetitlosigkeit zu klagen, wenn der Magen sich vor Hunger umkehrt, mit gesunden Lungen zu röcheln und so weiter? Aber ich tus auch nicht wieder. Das letzte Mal hab ich genug gekriegt. Wollene Decken mitten im Sommer? Probierts selbst!

DOKTOR PFEFFER. Hör, Block!

BLOCK. Nun duzt Ihr mich gar, als ob ich ein Junge wär! Freilich, es ist Eure Art, Beleidigungen dadurch zurückzunehmen, daß Ihr sie verdoppelt. Ich werds nie vergessen, daß Ihr dem Schulzen mit einem Lümmel antwortet, als er für einen Schlingel Genugtuung verlangte, und daß Ihr auf den Lümmel einen Hundsfott folgen ließt, als er den Lümmel nicht verschlucken wollte!

DOKTOR PFEFFER. Block, du sollst mich wieder duzen! Kann ich dir einen größern Beweis meiner Freundschaft geben? Du sollst mich duzen und mich auch, wenn ich nüchtern bin, unter den Arm fassen!

BLOCK. Ich bedanke mich! Davon hätt ich selbst den meisten Schaden. Nun kommt doch wohl noch hin und wieder einer zu Euch, und holt sich ein Pulver gegens Fieber. Sähen sie mich mit Euch Arm in Arm gehen, sie vertrauten Euch keine Katze mehr zum Kurieren an. Das glaubt mir, ich weiß, was ich gelte. Nein, auf der Straße bin ich bis zum Jüngsten Tage der Mann, der respektvoll den Hut vor Euch abzieht. Aber sagt doch einmal, was wollt Ihr vorbringen, wenn wir wieder zu Hause kommen? Denn das ists, was mir am meisten am Herzen liegt.

DOKTOR PFEFFER. Wir haben den Richter schon im Sarg angetroffen.
BLOCK. Und wenn er in demselben Augenblick vorbei reitet?

DOKTOR PFEFFER. Dann ists ein Gespenst zu Pferde!

Zweite Szene

BENJAMIN *tritt auf und hält sich den Bauch.* Au weh, au weh! Das ist ein Bauch! Läßt lieber die Eingeweide fahren, als den Stein! Anderthalb Tage schlepp ich den Diamant nun schon mit mir herum! Lebkuchen und Häringe hab ich durcheinander gegessen und einen Trunk frischer Milch darauf gesetzt. Nichts schlägt an. Der Stein bleibt, wo er ist, aber Bauchgrimmen bekommt man, als ob man gebären sollte, und eine ganze Armee auf einmal. Hab ich den Tod verschluckt? Soll das Kleinod mich unter die Erde bringen? Im letzten Wirtshaus besah ich mich im Spiegel. Ich hätte schwören mögen, ich sähe einen Fremden, so hatte der Schmerz mich mitgenommen! Au!
BLOCK. Gottes Segen! Hört Ihr nicht?

DOKTOR PFEFFER. Jammertöne! Aber vielleicht von einer kreißenden Eidechse, bei der noch kein Accoucheur einen Heller verdient hat.

BLOCK. Nein, nein, dort steht ein Mensch!

DOKTOR PFEFFER. Wirklich? Nun ja!

BLOCK *ruft.* Nur näher, Freund!

DOKTOR PFEFFER. Warum? Das ist einer von denen, die erst recht krank werden, wenn sie den Arzt kommen sehen, weil die Rechnung ihnen einfällt.

BLOCK. Ihr könnt nicht wissen, was ihm fehlt. Die Not verändert alles.

DOKTOR PFEFFER. Zahnweh! Eine Kolik! Übel, die jede alte Vettel vertreiben, die man durch Fliedertee, durch einen heißen Stein, in die Flucht schlagen kann! Eine ordentliche Krankheit gibt sich auch wohl mit einem Schacherjuden ab!

BLOCK. Also auch hiebei kommts auf den Rang an?

DOKTOR PFEFFER. Schäm dich! Drittehalb Jahre laß ichs mir nun schon bei dir im Hause gefallen, und noch nicht so viel hast du gelernt? Gesundheit! Nun ja, die kann man umsonst haben! Man grabe, man esse schwarzes Brot, man saufe Wasser und verderbe sich den Magen nicht öfterer, als man auf eine Hochzeit kommt, das heißt drei Mal im ganzen, das erste Mal, wenn man selbst Hochzeit macht, das zweite und dritte Mal, wenn man dem Sohn und dem Enkel die Hochzeit ausrichtet. Das gibt Kadaver, wie von Leder, Fraß für Jahrhunderte, den selbst das Grab nicht ohne Beihülfe von ungelöschtem Kalk verdauen kann. Aber eine Krankheit, eine respektable, die einem was zu denken gibt, einem den Patienten unter den Händen wegstiehlt und drei Fakultäten auf einmal betrügt, die Theologie um eine Seele, die Jurisprudenz ums Testament und die Medizin um ein Leben, ja solch eine Krankheit macht sich mit dem Pöbel nicht gemein, die sieht sich nach vollen Bechern um, nach indianischen Vogelnestern und arabischen Spezereien, die verlangt Tausendtaler-Sünden, die ist zu rar, zu teuer fürs Geschmeiß!

BENJAMIN. Au weh!

DOKTOR PFEFFER. Schweig, Jude, oder komm heran! Jeder Kranke ist eine Beleidigung für den Arzt, wie jeder Sünder für den Priester.

BENJAMIN *nähert sich, zu Block.* Wer ist der Mann?

BLOCK. Ein Doktor, wer sollt es sonst sein!

DOKTOR PFEFFER. Was fehlt dir? Kannst du einem die Hand nicht reichen, daß man deinen Puls fühlt? Zunge heraus! Du hast den edlen Muskel nicht zum Wimmern erhalten, sondern um ihn auszustrecken! Ein wahrer Rekrut! Kennt kein einziges Manöver! Zunge eingezogen! Fühlst dus denn nicht, daß sich ein geiles Fliegenpaar darauf niederläßt, um Unzucht zu treiben? Aufgeschaut! Antwort! Wo haperts?

BENJAMIN. Herr, ich habe einen Stein verschluckt, und muß sterben, wenn mir nicht bald geholfen wird!

DOKTOR PFEFFER. Einen Stein? Was für einen Stein?

BENJAMIN. Was für einen Stein? Was meint Ihr damit? Einen Stein von der gemeinsten Art, von der allergemeinsten! Ihr denkt wohl gar an Edelsteine? Ein Kiesel, ich schwör es Euch zu, ein nichtsnutziger Kiesel! Doch nein, ich will ehrlich sein, beschwören kann ichs nicht, daß es ein Kiesel war. Möglicherweise ein Quarz.

DOKTOR PFEFFER. Wie kam man dazu, den Kiesel zu verschlingen?

BENJAMIN. Wie? Wie? Au weh! Das das will ich Euch sagen, ausführlich, genau, sobald Eure Kunst mich wieder von dem Stein befreit hat.

DOKTOR PFEFFER. Ein sonderbarer Casus!

BENJAMIN. Sonderbar? Wieso? Daß ich nicht wüßte! Man frühstückt, man ist hungrig, sehr hungrig, man läßt ein Stück Brot fallen, man bückt sich darnach, hebts auf, verschlingts unbesehens, denn man liest zugleich die Todesanzeige eines geliebten Freundes in der Zeitung, und siehe da, der Stein, der einem beim Bücken zwischen die Finger geriet, wird mitverschluckt, vielleicht, wer kanns so genau wissen, ein Paar Stecknadeln obendrein!

DOKTOR PFEFFER *zu Block.* Der Jude wird mir verdächtig! *Zu Benjamin.* Woher das blaue Auge? Mit auf die Welt gebracht, nicht wahr?

BENJAMIN. Gibts hier herum nicht Bäume genug, sich daran zu stoßen, wenn man hastig rennt?

DOKTOR PFEFFER. O ja! aber warum rennt man so hastig, daß man, wenn man vielleicht ein Dieb ist, sich selbst für den Steckbrief zeichnet?

BENJAMIN. Warum? *Für sich.* Ich will mich lieber vor der Tür eines Gefängnisses zum Ausruhen niedersetzen und zur Unterhaltung einen Strick drehen, als dem noch drei Fragen beantworten! *Zu Doktor Pfeffer.* Ihr glaubt wohl, daß jemand hinter mir her war? Gerade umgekehrt, ich war hinter einem her, und bei Gott, wenn ich an den Bösewicht denke, so fühl ich meinen Schmerz nicht mehr! Schelm, Schelm, du sollst mir nicht entgehen! *Er stellt sich, als ob er jemand verfolgen wolle.*

DOKTOR PFEFFER. So entkommt man einem ehemaligen Senior nicht! *Zu Block.* Haltet den Burschen einmal fest!

BLOCK *legt die Hand auf Benjamin.*

BENJAMIN *reißt sich los und eilt fort, bleibt aber plötzlich stehen, denn.*

Dritte Szene

Jacob tritt ihm entgegen.

DOKTOR PFEFFER *zu Block.* Schämt Euch, ein Riese, wie Ihr, läßt einen Zwerg, wie den, entwischen?

BLOCK. Nun vergrößert Ihr mich doch offenbar nur, um mich zu verkleinern!

JACOB. Sieh da, der Jude! Nun bin ich ein Mörder, sobald man ein Vaterunser betet. Ob ich gleich über ihn herfalle? Daß ich ein Narr wäre! Erst will ich wissen, wo der Stein blieb. Ich bin ein Schuft, wo ich ihn erschlage, wenn er mir das nicht zuvor sagt! *Zu Benjamin.* Heda! Was dünkt dir zu diesem Knittel? Findest du ihn dick genug?

BENJAMIN. Was wollt Ihr? Ich kenn Euch nicht! *Für sich.* Das könnt ich fast beschwören. Ich sah nicht auf ihn, sondern nur auf den Diamant!

JACOB *tritt näher.* Kennst mich nicht?

BENJAMIN. Doch! Doch! Bleibt nur, wo Ihr seid, ich besinne mich auf Euch! Vergebt, kurzsichtig hat Gott mich erschaffen, mir ists begegnet, daß ich den eignen Vater für einen Fremden hielt und ihn nach Herkunft und Geschäft fragte.

JACOB. Wo hast du meinen Stein?

BENJAMIN. Ihr meint den Stein, den ich Euch für einen Taler abkaufte? Den hab ich an einen Drechsler gegeben, um mir ich sagte es Euch einen Stockknopf daraus machen zu lassen, aber er ist zersprungen, mein Stock Ihr sehts, der Beweis ist da ist noch immer ohne Knopf. Ihr habt mich angeführt, doch sag ich das nicht, um es Euch vorzuwerfen, warum sah ich nicht besser zu?

JACOB. Lug und Trug! Her mit dem Stein, oder Siehst du den Regenwurm hier, und siehst du, wie ich ihn zertrete? Du sahst dein eignes Schicksal!

BENJAMIN. Sprecht doch nicht so laut von dem Stein! Es sind Leute in der Nähe, kann nicht der Eigentümer darunter sein? Der Stein nun ja, er hat einen gewissen Wert, es ist

JACOB. Ein Edelstein!

BENJAMIN. Das nun wohl nicht, aber es gibt vielleicht noch außer Euch Leute in der Welt, die ihn dafür halten, wenn man verhütet, daß sie ihn anders, als bei Zwielicht sehen. Nun hört mich ruhig an. Aber eins sagt mir zuvor: glaubt Ihr, daß ein Mensch, wie ich, ein Gewissen hat, oder nicht?

JACOB. Hund, du hast mich bestohlen. Meinst du, ich werde ja sagen?

BENJAMIN. Also Ihr sagt nein? Um so besser! Denn um so größer wird die Scham sein, die Ihr empfindet, wenn ich Euch nun gleich durch die Tat das Gegenteil beweise. Wißt Ihr, warum ich Euren Stein heimlich einsteckte? Nur, weil ich Euch bereit sah, ihn ganz unterm Wert wegzuschleudern. Ihr fodertet hundert Taler, Ihr hättet ihn auch für funfzig gegeben, könnt Ihrs leugnen? Ich trug die Lumperei nicht bei mir, aber schon sah ich von fern einen anderen von unseren Leuten auf Eure Hütte zukommen. Ich dachte: der Bauer wird den heranrufen, wie er dich herangerufen hat, und sein Kleinod ist für dich, wie für ihn selbst, verloren. Nein, rief ich aus, das soll nicht geschehen! Lieber willst du selbst einen scheinbaren Diebstahl begehen, als zulassen, daß ein armer Mann durch den ärgsten Gauner um sein ganzes Lebensglück betrogen werde. Ich nahm den Stein und ging. Aber wißt Ihr, wie ich wiederzukommen dachte? Zwei Säcke voll Geld unter dem Arm. Heran schleichen wollt ich mich, mich unterm Fenster verstecken und durch die Scheiben eine Handvoll nach der andern hineinwerfen. Dann wollt ich mich aufrichten und vor Euch hintreten, und Euch fragen, was ich für ein Mann sei. Um diese Überraschung habt Ihr Euch selbst gebracht!

JACOB. Wo sind die Geldsäcke?

BENJAMIN. Hab ich denn den Stein schon verkauft? Hab ich schon einen damit angeführt?

JACOB. Dann her mit dem Stein!

BENJAMIN. Wie Ihr wollt! *Greift in die Tasche.* Was ist das? Ei, eben hatt ich ihn ja noch! *Zu Jacob.* Schaut Euch doch mal um, ob Ihr ihn nicht liegen seht! Verfluchter Schneider! Das sind Taschen! Von der Seite kam ich her!

JACOB *dreht sich um.*

BENJAMIN *sucht zu entspringen.*

DOKTOR PFEFFER *vertritt ihm den Weg.*

JACOB *zu Benjamin.* Was, Hund? Willst davon laufen und mir nicht einmal suchen helfen? *Zu Doktor Pfeffer.* Tretet nicht so viel hier herum! Mir ist hier durch den Juden ein Edelstein verloren gegangen.

DOKTOR PFEFFER. Glaubst dus dem Juden?

JACOB. Nun Ihr mich so gefragt habt, nicht mehr!

BLOCK. Noch eben bat der Jude den Doktor um Hülfe, weil er einen Stein verschluckt habe. Wenn er Euch also einen Edelstein stahl, so trägt er ihn ganz gewiß im Bauch!

JACOB. Im Bauch?

DOKTOR PFEFFER. Aber Bauer, es ist nicht recht glaublich, daß du Besitzer von Edelsteinen bist.

JACOB. Nein, Herr, das ist wahr. Gehts mir doch selbst so, wie sollt es Euch anders gehen? Wenn ich mich vom Kopf bis zu den Füßen betrachte, kommen mir so viele Zweifel, als ich Löcher in meinem Rock und Risse in meinen Stiefeln bemerke. Aber dann sag ich mir wieder, was ich mir gleich sagte: wenn der Stein wirklich keinen Wert hätte, würde der Jude ihn gestohlen haben? Nun hör ich sogar, daß er ihn verschlungen hat. Ich bitt Euch: wird er Quarze und Kiesel verschlingen?

DOKTOR PFEFFER. Das ist wahr. So nimm den Kerl beim Kragen und schlepp ihn vor den Richter. Ich begleite dich.

JACOB. Das will ich tun! *Zu Benjamin.* Marsch, Spitzbube! *Er zieht ein Messer heraus.* Vor mir hergeschritten, wie ein Rekrut vor dem Korporal. Und bei der ersten verdächtigen Bewegung, die du machst, fährt dir die Klinge ins Genick! Ja! Und singen sollst du unterwegs, Lieder sollst du singen, lustige oder traurige, wie du willst, damit du keine Zeit hast, Lügen zu spinnen!

DOKTOR PFEFFER. Du erzählst mir, während wir gehen, wie du zu dem Stein gekommen bist! *Alle ab.*

Vierte Szene

Der Prinz und der Graf treten auf.

DER GRAF. Eine solche Leidenschaft, gnädigster Herr

DER PRINZ. Ist die unglücklichste, die sich denken läßt! Wolltest du das nicht sagen? Gut. Ich gebe es zu. Aber wozu führt dies? Nenns Glück, nenns Unglück, nenns Krankheit, nenns Gesundheit, gleich viel, aber hilf dem, den du für unglücklich hältst, mache den gesund, der dir krank erscheint!

DER GRAF. So plötzlich, so unerwartet

DER PRINZ. Es tut mir leid, daß ich dir etwas gesagt habe! Hätt ich doch lieber einen Baum zu meinem Vertrauten erwählt! Er hätte mir kein Wort geantwortet. Wie herrlich! Dann hätt ich doch auch das nicht zu hören bekommen, was mir in tiefster Seele zuwider, und womit mein liebster Freund so freigebig ist. Nicht diese gründlichen Einwände, die sich auf tausend Weils und Darums stützen, und die doch an der Sache nicht das Geringste verändern. Er hätte ebenso ernsthaft geblickt, wie du, er hätte sein Haupt vielleicht ebenso gravitätisch geschüttelt. Aber, wenn ich mir den Kopf an seinem Stamm einstoßen wollte, so würde er nicht zurückweichen. Ob du mir dein Schwert leihen würdest, um diesem gepreßten, glühenden Herzen Luft zu machen, das ist noch die Frage.

DER GRAF. Sie mißkennen mich, gnädigster Herr.

DER PRINZ. Ja, liebster Walter? Also du hast ein Mittel? Du weißt, wie mir zu helfen ist? Sprich! Blicke nicht länger finster! Hab ich dich beleidigt? Dich dich will ich gern um Verzeihung bitten!

DER GRAF. Ich sinne

DER PRINZ. Laß dich nicht stören! Soll ich dich allein lassen?

DER GRAF. Ich sinne umsonst, wollt ich sagen. Alles, was geschehen konnte, ist geschehen!

DER PRINZ. Alles? Alles? Dies alles, du weißt es, hat zu nichts geführt. Was ist dein alles, wenn es nichts ist! O Walter, hättest du die Unglückliche gesehen, wie ich sie sah, du würdest jede Faser deines Gehirns so lange anstrengen, bis sie risse oder dir diente! Aber hab ich dir auch alles gesagt? Verbarg ich dir nichts? Weißt du, was ich weiß?

DER GRAF. Ich weiß, daß sie wahnsinnig ist!

DER PRINZ. Wahnsinnig! Hu! Welch ein schaudriges Wort! Nein, Walter, brauch es nicht, dies Wort! Wahnsinnige! Das sind düstre Menschen mit verwilderten Gesichtern! Ich sehe die Ecken, wo sie kauern. Aber sie! Nein, nein, das ist kein Wahnsinn!

DER GRAF. Sei es, was es sei, es ist nicht, was es sein soll.

DER PRINZ. Gott! Gott! Sie kann sterben, indem wir reden! Nun, kalter, säumiger Freund, vor deinen Ohren wiederhole ich den Schwur, den ich im Innersten meiner Seele tat: wenn sie stirbt, so bin ich der erste, der nach ihr stirbt, mein schnelles Schwert soll dann selbst den überholen, der schon im Todeskampf röchelt. O, der Schwur ist törigt! Es ist, als ob ich schwüre, daß ich an einem Stoß durchs Herz wirklich sterben wolle.

DER GRAF. Gnädigster Herr, ich ehre Ihren Schmerz und trage ihn, wie den meinigen, aber urteilen Sie selbst: was bleibt uns zu tun übrig? Der Diamant ist spurlos verschwunden, die Prinzessin glaubt, sie muß sterben

DER PRINZ. Sie muß sterben? O, ich ahnte es wohl, daß du nicht alles wußtest! Gibts doch ein Unglück, so groß, daß man nicht darüber spricht, weil man meint, es könne keinem unbekannt sein, jeder müsse es mitfühlen, wie einen Stich durch die Welt! Seit gestern glaubt sie, daß sie gestorben ist!

DER GRAF. Unmöglich!

DER PRINZ. Die ganze Nacht hatte sie, wie gewöhnlich, aufrecht in ihrem Bette gesessen, und still und lächelnd vor sich hingeblickt, wie ein Kind, das in eine schöne Blume hineinschaut. Dann, mit Anbruch des Morgens, war sie ermüdet zurückgesunken. Aber auf einmal richtet sie sich ängstlich auf, spricht: noch nicht! noch nicht! und ruft nach ihrer Mutter. Die Königin erscheint. Schnell, Mutter, schnell! ruft sie ihr entgegen. Ich wußte wohl, daß ich nicht sterben würde, bevor ich einen Trost für dich ersonnen hätte! Jetzt hab ich den, und meine Stunde ist da! Die Königin eilt auf sie zu und schließt sie in ihre Arme. Die Augen fallen ihr zu, sie reißt sie wieder auf und kämpft mit dem Schlaf, als ob sie mit dem Tod zu kämpfen glaubte. Doch die erschöpfte Natur erliegt, die Mutter lehnt sie leise zurück, noch im Schlaf bewegt sie die Lippen. Lange, lange hatte sie nicht mehr geschlafen, man hoffte alles von dieser tiefen, erquicklichen Ruhe. Schreckliche Täuschung! Gegen den Abend erwachte sie. »Endlich! Endlich! rief sie aus o, der Weg ist weit!« Dann schaute sie mit Verwunderung auf ihre Umgebung. »Sah ich denn das alles nicht schon da unten auf jenem Stern, den sie die Erde nennen, oder schwimmt es mir nur noch vor den Augen und verhüllt mir den Glanz des Himmels?« So sprach sie leise vor sich hin. Die Königin trat in die Tür. »O, dich kenn ich wohl rief sie ihr entgegen du bist meine Mutter, wie schön, daß das liebste Bild das erste ist, welches mir hier erscheint!« Tränen traten der Königin in die Augen. »So sieht meine arme Mutter jetzt wohl jetzt aus sprach die Kranke hat sie mich denn nicht verstanden, als ich sie tröstete?« Nun warf sie sich auf die Knie und betete, dann stand sie wieder auf und sprach: »Ich habe Gott angefleht, daß er meiner Mutter mein Bild vorführen möge, wie mir das ihrige, ich will lächeln, damit auch sie lächle, wenn sie mich im Traum erblickt und sieht, wie glücklich ich bin!« Nun lächelte

sie, als ob sie entzückt wäre. Genug, sie glaubt sich gestorben, und was das Entsetzlichste ist, sie nimmt nicht Speise und Trank mehr zu sich!
DER GRAF. Das läßt ja selbst für den Fall, daß der Diamant wieder entdeckt würde, kaum noch Hoffnung zu!

DER PRINZ. Da sind die Ärzte Gott Lob anderer Meinung. Sie glauben, daß der Anblick des Steins eine augenblickliche Krisis herbeiführen wird. Und warum sollten die Wahngebilde nicht schwinden, sobald ihre Quelle verstopft ist? Nur darum handelt sichs, wie man den Stein auftreiben soll.

DER GRAF. Der Stein wird sich finden. Das königliche Mandat das dem Bringer, statt Strafe, eine halbe Million sichert, bürgt mir dafür. Vielleicht ist er schon da. Wir sollten an den Hof zurückkehren!

DER PRINZ. Wer hält es aus, dem grenzenlosen Elend im Gefühl seiner Ohnmacht fort und fort gegenüberzustehen, das Liebste, das Teuerste hinschwinden zu sehen und sich immer zu wiederholen: Du kannst nichts tun! O, ich werde rasend, wenn ich mir denke, daß das holdseligste Wesen der Erde vielleicht eines jammervollen Todes sterben muß, weil irgend ein ängstlicher Geizhals nicht früh genug mit sich fertig werden kann, ob er dem Wort des Königs trauen dürfe oder nicht. Nein, Walter, an den Hof kehre ich erst dann zurück, wenn das höchste Entzücken oder die tiefste Verzweiflung mich ruft. Bis dahin wollen wir streifen, reiten. Du meintest gestern, der Zufall allein könne helfen. Wohlan, ich will mir einbilden, der Zufall sei um ein Werkzeug verlegen und suche mich, wie ich ihn!
Beide ab.

Dritter Akt

Erste Szene

Gerichtsstube. Richter Kilian. Jörg.

KILIAN. Es bleibt dabei, Jörg. Ihr schickt Euren Jungen regelmäßig zur Schule, oder

JÖRG. Oder

KILIAN. Oder es gibt was!

JÖRG. Ich tu es aber doch nicht!

KILIAN. Jörg, ich verwundre mich. Ihr seid in allen Dingen so folgsam, daß Ihr für einen durchs Feuer lauft, und Euch nicht einmal die Sohlen bezahlen laßt. Und gerade hierin so halsstarrig! Wenn Euer Junge Euch bei der Arbeit helfen könnte, so wollt ichs noch begreifen und ein Auge zudrücken, aber den ganzen Tag liegt der Maulaff an der Landstraße, und neckt sich, da es an andern Spielkameraden fehlt, mit den Hunden, die vorüberlaufen. Es ist eine Schande!

JÖRG. Herr Richter Kilian, es ist aber doch ein heimlicher Menschenverstand dabei!

KILIAN. Den mögt ich kennenlernen!

JÖRG. Ei was! Der Junge soll nicht klüger werden, als sein Vater ist. Er ist mir schon jetzt zu klug. An keinem Bäcker- oder Schuhmacher-Schild kann ich mit ihm vorübergehen, er liest herunter, was darauf steht, als obs nichts wäre, und macht mich schamrot. Laß ich ihn noch weiter kommen, so verliert er zuletzt allen Respekt vor mir.

KILIAN. Dummheit! Es bleibt bei dem, was ich sagte!

JÖRG. Und auch bei dem, was ich sagte. Das Schulgeld bezahl ich, nach, wie vor, und esse nur alle vierzehn Tage Fleisch, um es zusammenzubringen. Aber haben will ich nichts dafür, dazu hab ich den Jungen nicht gezeugt, daß ich mich vor ihm schämen will. *Ab.*

Zweite Szene

KILIAN *allein.* Das ist nun das dritte Mal, daß ich den Menschen ermahne. Es hilft nichts, man muß ihm anders kommen. Morgen mags noch hingehen, denn er ist noch einen Tag für mich mit dem Heumachen beschäftigt, aber übermorgen schmeiß ich ihn ins Loch. Es saß ohnehin schon lange keiner mehr darin, und die Ratzen werden gar zu übermütig, wenn man ihnen nicht dann und wann zeigt, daß das Gefängnis nicht für sie allein da ist. Der alte Kasten wird seinen Eigensinn bald brechen, es gibt keinen bessern in der Welt, man braucht die Missetäter nur hineinzusetzen, so bekennen sie alles, bloß um wieder herauszukommen, bevor er zusammenbricht und sie erschlägt. Man bringe mir Räuber, Mörder, die ärgsten Frevler: ich verbürge mich, daß sie in sich gehen werden, sobald der Wind aus Nordost bläst. Darum laß ich auch nichts daran reparieren, keine Fuge zustreichen, keinen Dachziegel einhängen. *Er kramt unter Papieren.* Ei, ei, Kilian, du hast ja das neue Mandat noch nicht gelesen! *Er nimmts und liest.* Königliche Majestät vermissen einen Diamant; wer ihn wieder liefert *Er wirfts fort.* Was quäl ich meine alten ausgedienten Augen! Auf dem Lande gibts keine Diamanten-Diebe, denn es gibt keine Diamanten- mich ausgenommen, und ich bin niemals in der Königlichen Schatzkammer gewesen, also habe ich auch nichts daraus gestohlen. *Er sieht noch einmal ins Mandat.* Man soll forschen, passen *Er wirfts wieder von sich.* Ich könnte höchstens die Elstern und Starmätze herunterschießen lassen, die etwa vorüber fliegen, die sollen ja zuweilen Edelsteine und Kleinodien im Schnabel bei sich führen.

Dritte Szene

SCHLÜTER *tritt ein.* Herr Richter

KILIAN. Gibts Buckel vor der Tür, die zu bläuen sind? Herein damit! Er soll mir darüber her, und so lange, bis es ihm reizender deucht, geprügelt zu werden, als zu prügeln!

SCHLÜTER *ab.*

KILIAN. Der liegt den ganzen Tag in meinem Hause herum, und um seine Faulheit zu verdecken, stellt er sich, als ob ihn der Dienst beschäftige. Mich soll der Teufel holen, wo ich nicht manchen Vagabonden durchwackeln ließ, bloß um ihm eine ungelegene Motion zu machen! Der Kerl sieht mir bei allem auf die Finger! Man kann keinen Mittagsschlaf halten, er weiß auf die Minute, wie lange er gedauert hat!

Vierte Szene

Benjamin. Jacob. Doktor Pfeffer. Block und Schlüter treten ein.

BENJAMIN. Endlich bin ich am rechten Ort!

DOKTOR PFEFFER. Was fällt dem Juden ein?

BENJAMIN. Herr Richter, wem steht das erste Wort zu, dem Kläger oder dem Verklagten, dem Angeber oder dem Dieb?

KILIAN. Dem Kläger, dem Angeber, wem sonst?

BENJAMIN. Nun, der bin ich!

JACOB. Du?

BENJAMIN. Ich, Bauer, ich! Hier fürchtet man sich nicht mehr vor gezogenen Messern, hier hat man Mut, denn man hat Schutz, hier wird man sprechen, wie man muß, ohne Furcht, ohne Ansehen der Person. Und also trete ich vor, ich, Benjamin, Salomons Sohn, und erkläre, daß dieser Bauer, den ich nicht zu nennen weiß, einen Diamanten gestohlen hat; er selbst wird am besten wissen, wem!

JACOB. Nun, Jude, dich soll

BENJAMIN. Balle nur die Fäuste, Bauer du siehst, hier duzt man wieder, wenn man geduzt wird verdrehe die Augen und zeig die Zähne! Die Unschuld lächelt und zupft sich *Er tuts.* die Manschetten zurecht, denn sie hat an nichts zu denken, keine Ränke zu spinnen, keine Lügen zu ersinnen, aber das böse Gewissen, man siehts an dir, ist wie, ein spanisch Fliegenpflaster, das zu ziehen beginnt, es verzerrt die Gesichter.

JACOB. Herr Richter

BENJAMIN. Bauer, laß mich sprechen! Ich weiß, was du sagen willst. Du willst sagen, ich habe dir den Diamant gestohlen!

JACOB. Ja, Schuft!

BENJAMIN. Und das, Herr Richter, sagt der Mensch nicht ohne allen Grund. Aber ich frage, ob derjenige, der bei einem Bettler den reinsten Diamant antrifft, und diesen Diamant, bevor er beiseite gebracht, vergraben oder aus dem Lande geschafft wird, zu sich steckt, um damit aufs Gericht zu eilen, ich frage, ob ein solcher den Diamant stiehlt. Nein? Nun, dann hab auch ich den Diamant nicht gestohlen, sondern eine Tat verrichtet, die um so edler ist, je leichter sie verkannt und gemißdeutet werden kann. *Zu Doktor Pfeffer.* Ich sprach zu Euch von einem Kiesel, nicht? Wenn Ihr Herr Richter Kilian wärt, so würde das ein arges Verbrechen sein! Aber nicht dem Unbekannten, den trotz seines Rocks der Schatz reizen und zu Mord und Totschlag verlocken konnte, nur der Obrigkeit, bin ich Wahrheit schuldig. *Zu Jacob.* Ich sagte zu dir, ich hätte den Diamant verloren, nicht? Warum tat ich das wohl? Nur, um nicht vor der Zeit stumm gemacht, um nicht auf dem Wege zum Gericht erschlagen zu werden. Jetzt will ichs verkünden, wo ich den Diamant verborgen habe. Hier, in meinem innersten Eingeweide. Ja, Herr Richter, so weit ging ich in meinem Eifer fürs Recht. Ich fürchtete, der Dieb mögte mir nacheilen und mir den Stein wieder abjagen, darum verschlang ich ihn, denn ich wollte lieber sterben, als eine Tat unverrichtet lassen, die mir zur ewigen Ehre gereichen muß. Lohn begehre ich nicht, nur das Zeugnis, daß ich ein ehrlicher Mann bin, und noch etwas mehr.

DOKTOR PFEFFER. Bravo, Jude! So erfährst dus am schnellsten, ob der Richter ein Esel ist!

KILIAN. Ein Diamant? *Er ergreift das Mandat.* Da kommt eine Sache, wie man sie gerade braucht, um Sinn und Verstand zu verlieren. *Zu Benjamin.* Was für ein Diamant? Ist er groß oder klein?

JACOB. Klein. Sehr klein.

BENJAMIN. Groß, sehr groß! Herr Richter, Ihr bemerkt doch, wie der Bauer lügt, alles verdreht? Der Diamant ist größer, als ein Tauben-Ei, und er nennt ihn klein.

JACOB. Nun, ich denke, eine Taube ist noch sehr klein, dann kann ein Tauben-Ei doch wohl nicht groß sein?

KILIAN *sieht ins Mandat.* Wie ein Tauben-Ei. Da stehts. *Zu Jacob.* Bauer, wie bist du zu dem Diamant gekommen?

JACOB. Durch meine Barmherzigkeit! Nur durch meine Barmherzigkeit!

KILIAN. Wie?

JACOB. Ich nahm einen alten, kranken Soldaten bei mir auf. Der starb, und in seiner Tasche fand sich der Stein!

DOKTOR PFEFFER. Du warfst den Diamant erst aus dem Fenster, nicht, weil es kein Taler war?

JACOB. Ich? Nein, meine Frau. So einfältig ist nur ein Weibsbild.

DOKTOR PFEFFER. Richtig. Dazu warst du viel zu gescheit. Aber du ließest den Juden mit deinem Stein allein und gingst nach dem Schoppen, um Eier zu suchen, wie?

JACOB. Ja wohl, und es war ein Glück, daß ichs tat. Wäre das Huhn nicht dazwischen gekommen, oder wäre der Jude bis zu meiner Zurückkunft geblieben und hätte auf den Diamant fort und fort, wie er schon zu tun anfing, verächtliche Blicke geworfen, so hätt ich das bißchen Vertrauen, das ich zu meinem Schatz gefaßt hatte, als er mir einen Taler dafür bot, in weniger als fünf Minuten wieder verloren, und dann hätt er ihn gewiß für den Taler erhalten!

BENJAMIN. Ist das wahr? O ich

DOKTOR PFEFFER *zu Kilian.* Ich stellte die zwei Fragen nur, damit Ihr gleich erkennen mögt, welchen Menschen Ihr vor Euch habt. Ihr seht, er ist keiner Lüge fähig!

JACOB *gereizt.* Keiner Lüge fähig? Dann wär ich ja wohl rückwärts gewachsen, statt vorwärts! Schon als Kind konnt ich so gut lügen, als ein anderer. *Nach einer Pause.* Es klopft jemand an die Tür! Nun? Klopft wirklich jemand? Wars keine Lüge? Keiner Lüge fähig!

DOKTOR PFEFFER *zu Kilian.* Ihr hört, wie er sich verteidigt!

KILIAN *für sich.* Hier wär nun die Gelegenheit, sich ein gnädigstes Handschreiben des Königs zu verdienen, das einen wegen Dienst-Eifers belobte, und das man im Visitenzimmer unter Glas und Rahmen aufhängen könnte. Dann hätte man allerhöchsten Orts einen Stein im Brett und brauchte sich nicht so vor Fehlern zu scheuen. *Laut.* Im Mandat steht ausdrücklich, daß man auf jeden Diamant aufmerksam sein und ihn einsenden soll. Obs der rechte ist, oder nicht, kümmert mich gar nicht.

BENJAMIN. Herr Richter, wem wird geglaubt?

KILIAN. Dir!

BENJAMIN *will ihm die Hand küssen.* Im Namen der Wahrheit!

KILIAN. Versteh mich recht. Ich glaube dir, daß du dem Bauer den Diamant gestohlen hast. Weiter nichts. Aber nun fragt es sich, ob du ihn gutwillig wieder herausgeben willst, oder ob man Gewalt gebrauchen muß.

BENJAMIN. Ob ich will? Erst frage man, ob ich kann. Der Stein sitzt mir so fest im Eingeweide, wie das Eingeweide im Leib. Der Doktor mag verschreiben, was ihm beliebt, er wird nicht rücken, ich habe alles versucht. Ich soll doch wohl nicht den Bauer um sein Messer bitten und mir den Leib damit aufreißen?

KILIAN. Wenn, wie du selbst sagst, nichts anderes übrig bleibt, so werde ich dir dies allerdings gebieten!

BENJAMIN. Aber ich werde nicht gehorchen.

KILIAN *zu Doktor Pfeffer.* Für diesen Fall nimmt das Gericht im voraus Eure geschickte Hand in Anspruch.

DOKTOR PFEFFER *zieht Instrumente hervor.* Ich bin bereit!

JACOB. Herr Richter, so große Eile hats nicht. Freilich hab ich nicht viel zu brocken und zu beißen, aber ich bin das Hungern gewohnt, und ob das ein paar Tage länger dauert oder nicht, macht nicht viel aus. Hätt ich den Spitzbuben nicht wieder getroffen, so hätt ich ihn gewiß totgeschlagen, denn ich hatte es ihm geschworen, aber nun er wieder da ist, und mein Diamant mit ihm, nun mögt ich doch nicht, daß er, wie der Hund der Edelfrau, der den Ring verschluckt hatte, geschlachtet würde.

KILIAN. Bild dir nicht ein, daß man sich deinetwegen so in Schweiß setzt! Man tuts, weil man für seinen eignen Hals fürchten muß, wenn man säumt. *Zu Doktor Pfeffer.* Lest einmal! *Er reicht ihm das Mandat.*

DOKTOR PFEFFER *liest.* Leben und Wohlfahrt allerhöchster Personen hängt davon ab, daß der vermißte Diamant aufs schnellste wieder herbei geschafft werde. In wessen Händen er sich auch befinde, wer ihn einliefert, erhält eine halbe Million und ihm wird selbst für den Fall des erwiesenen offenbaren Betrugs oder Diebstahls völlige Amnestie zugesichert. *Er setzt ab.* Eine halbe Million! Ei, Jude, so viel schleppte wohl noch keiner im Bauche mit sich herum!

JACOB. Eine halbe Million? Daß dich! Mit Erlaubnis! *Er setzt seinen Hut auf.* Ich bin hier der erste Mann! Wenn mich so viel Geld nur nicht zum Narren macht! Ich will mir einen Vormund bestellen lassen, noch ehe ichs bekomme. Ja, und dem Vormund wieder einen Vormund, damit er mich nicht betrügt, und so fort. Aber einen geschickten Menschen will ich mir auch halten, der mich im vornehmen Leben unterweist. Was soll einer mit einer halben Million anfangen, der nur von Rindfleisch und gelben Rüben weiß, daß sie gut schmecken! Das sind Dummheiten, würde meine Frau sagen! Ich will mich setzen, als ob ich betrunken wäre. *Er setzt sich.*

BENJAMIN. Nimm den Hut nur wieder ab und verbeuge dich vor mir! Wie steht im Mandat? Wer ihn in Händen hat und ihn bringt, der erhält die halbe Million! Nun, der bin ich! Kann ich dir jetzt noch einen Gefallen damit erweisen, wenn ichs unverblümt bekenne, daß ich dir den Diamant stahl? Ich bin bereit dazu, seit ich weiß, daß dieser Diebstahl im voraus verziehen ist!

KILIAN *für sich.* Wer ihn liefert? Nun, wer wird ihn liefern, als ich? Aus meiner Hand geht der Diamant in des Königs Hand, aus des Königs Hand in meine die halbe Million. Und weil ich doch einmal alt bin, so will ich den Bauer zu meinem Erben einsetzen. Damit, denk ich, kann er zufrieden sein. Und mein Gewissen auch.

DOKTOR PFEFFER *zu Block.* Wie viel bin ich Euch schuldig? Rechnets zusammen und multipliziert die Summe mit zehn. Rechnungen, die nicht in die Tausende gehen, werde ich nicht weiter akzeptieren. Wer an mich zu fodern hat, gebe sich die Mühe, dem Posten eine oder zwei Nullen anzuhängen, wenn er nicht ignoriert werden will. *Leise.* Deinen Tabaksbeutel mit dem weißen Knopf hast du doch bei dir?

BLOCK. Was soll der und was fällt Euch ein? *Zeigt den Beutel.*

KILIAN *zu Doktor Pfeffer.* Ihr last noch nicht alles. Weiter! Die Hauptsache kommt erst!

JACOB. Noch eine Hauptsache?

DOKTOR PFEFFER *liest.* Allen obrigkeitlichen Personen des Reichs wird die genaueste Nachforschung zur Pflicht gemacht. Wer auch nur die geringste Spur des Diamanten entdeckt, hat darüber aufs schleunigste Bericht zu erstatten und sie eifrigst zu verfolgen. Und zwar bei Verlust seines Kopfs!

KILIAN. Bei Verlust seines Kopfs? Steht das da? Dann muß man dem Juden gleich an den Leib!

DOKTOR PFEFFER. Allerdings. Ohne Umstände.

KILIAN. Aber wirds der Jude überleben? Wer steht einem dafür ein?

DOKTOR PFEFFER. Ich nicht! *Für sich.* Er muß daran!

BENJAMIN. Ich stehe dafür ein, daß ich sterbe. Wer verantwortet den Mord?

KILIAN. Wenn der Stein nun nicht der rechte wäre –

BENJAMIN. Der rechte? Der rechte ists auf keinen Fall! Aber wenns nun nicht einmal ein echter wäre? Wer bürgt Euch dafür? Ich nicht. Feierlich nehme ich alles zurück, was ich zugunsten des Steins gesagt habe. Ich habe ihn, wie der Bauer weiß, kaum eine Sekunde besehen. In so kurzer Zeit kann selbst der Kenner über einen so schwierigen Punkt keine Gewißheit erlangen. Mein Menschenleben ist aber auf jeden Fall ein echtes.

KILIAN. Ob nicht erst gelindere Mittel

DOKTOR PFEFFER. Der Jude hat selbst erklärt, daß sie bei ihm nicht anschlagen. Im übrigen: ich bin keine obrigkeitliche Person, mein Kopf ist außer dem Spiel. Wär ich jedoch in Eurer Stelle, so würde ich lieber tausend Übereilungs- als eine Unterlassungs-Sünde begehen!

KILIAN. Das ist wahr. Nun, dort steht der Jude! Schneidet! Grabt nach, aber nicht tiefer, als Ihr müßt!

BENJAMIN. Wird das Ernst? O verflucht und drei Mal verflucht sei derjenige, der mir zuerst gesagt hat, daß der Diamant der kostbarste Edelstein ist. Gibts denn kein Mittel mehr, mich zu retten? Ich will dem Doktor die Instrumente stehlen. In der linken Tasche sitzen sie! *Macht sich an Doktor Pfeffer.*

DOKTOR PFEFFER *zu Block.* Löse den Knopf vom Tabaksbeutel ab und stecke mir ihn heimlich zu. Er ist ungefähr von der Größe und Gestalt des Diamanten, wie ich mir ihn vorstelle.

BLOCK. Was sinnt Ihr?

DOKTOR PFEFFER. Den Knopf geb ich später für den Stein aus, den ich aus des Juden Bauch herausgeschnitten habe. Dann geh ich mit dem echten Diamant an den Hof, und die halbe Million ist mein. Du hast hier hoffentlich niemanden Tabak präsentiert!

BENJAMIN *mit den Instrumenten.* Da sind sie. Aber wohin damit? Zum Verschlucken sind sie zu groß. Dort stehen des Richters Stiefel. In die hinein will ich sie stecken. Dann mag man bei mir suchen, solange man will.

BLOCK *zu Doktor Pfeffer.* Wird der Jude nicht widersprechen?

DOKTOR PFEFFER. Der Jude kriegt sein Teil!

BLOCK. Habt Ihr denn gar kein Gewissen?

DOKTOR PFEFFER. O ja, das Gewissen ist mir statt eines Weibes, es redet mir in alles hinein, aber ich bin der Mann und tu, was ich will.

BLOCK. Außer dem Juden ist der Bauer noch da!

DOKTOR PFEFFER. Zum Maul-Aufsperren! Übrigens hab ich den Einfaltspinsel lieb gewonnen, und wenn ich, wie ich es dann tun werde, mit meiner halben Million in prächtiger Equipage das Land verlasse, um meinen ersten Ausflug durch Europa anzutreten, so kann er, wenn er will, als Bedienter hinten aufstehen, während du, als mein Freund und Kutscher, auf dem Bock paradierst!

BLOCK. Da werd ich was zu sehen kriegen! Es ist doch gut, daß wir diese Reise gemacht haben!

KILIAN *zu Benjamin.* Ziehst dus vor, die Operation selbst zu übernehmen? Ein Messer steht zu Diensten!

BENJAMIN. Hu!

KILIAN. Ich habs dir offeriert. Nun, Doktor?

DOKTOR PFEFFER. Gleich. *Er greift in die Tasche.* Was ist das? Eben hatt ich die Instrumente noch nun sind sie fort? Gibts hier Diebe? *Zu Benjamin.* Her damit, Schuft, du hast sie! *Er durchsucht ihn.*

BENJAMIN. So ists recht. Verlangt von mir alles auf einmal: den Diamant, der gesucht wird, den Bauch, der aufzuschneiden ist, und sogar das Messer, womit das geschehen soll.

DOKTOR PFEFFER. Ich finde sie nicht. Und ich hab sie doch dies Mal ganz gewiß nicht versetzt. *Zu Block.* Du hast sie doch nicht aus nichtswürdigem Mitleid auf die Seite gebracht? Nun, das gibt eine Stunde Aufenthalt. Der Chirurg im nächsten Dorf wird mir schon aushelfen.

JACOB *zu Benjamin.* In einer Stunde lassen sich viele Vaterunser beten!

KILIAN *zu Schlüter.* Führ er den Menschen ins Gefängnis ab! Und mit Kopf und Kragen Er versteht!

SCHLÜTER. Ich will ihn festhalten, wie ein Mädel den Liebsten. So. *Er umarmt Benjamin.*

Alle ab.

Vierter Akt

Erste Szene

Dorfgefängnis. Anbruch der Nacht.
Benjamin sitzt im Hintergrund. Schlüter geht auf und ab.

SCHLÜTER *für sich.* Eine halbe Million! Und wer den Stein bringt, bekommt sie. Ich denke, wenn der König nicht einmal den Raub, den man an ihm selbst beging, ahnden will, so wird er den Raub, den man an einem Juden und Bauern beging, noch weniger ahnden. Mein lieber Schlüter wird er sagen, und wird den Stein in die Tasche stecken und die Tasche zuknöpfen hier hat Er sein Geld, und es soll mir lieb sein, wenn Er es mit Gesundheit verzehrt.

BENJAMIN. Die Glocke schlägt schon wieder!

SCHLÜTER. Ich wollte, ich könnte den Juden so weit bringen, daß er sich aufhinge. Dann öffnete ich ihm auf Schlachter-Manier den Bauch und machte mich mit dem Stein auf den Weg. Aber das müßte schnell geschehen, denn der Doktor wird bald kommen. Ich könnt ihn auch selbst aufhängen, doch er würde schreien, und der Richter wohnt gleich nebenan. *Zu Benjamin.* Jude, wer wird denn so unvernünftig sein und seufzen? Kannst du dein bißchen Wind nicht besser nützen? Antworte mir ja nicht, solange du sprichst, kannst du nicht du verstehst mich!

BENJAMIN. Alles hilft nichts!

SCHLÜTER. Vielleicht bist du gefaßt, hast dich in dein Schicksal ergeben. Nun, was wills denn auch bedeuten? Es ist ein Hühner-Schicksal, du stirbst den Taubentod. Aber, aber, es ist doch ein Unterschied. Der Taube wird das Messer rasch durchs Herz gejagt, dann gibts noch ein bißchen Augen- Verdrehen, ein letztes Aufschnappen, und alles ist aus. Du dagegen wirst nur um so langsamer sterben, weil der Doktor versuchen wird, ob er dich nicht für den Galgen am Leben erhalten kann. Wahrhaftig, ich bekomm ein ordentliches Mitleid mit dir, wenn ich mir dies Schneiden und Zerfetzen vorstelle. Schauderts dich nicht? Ich seh dich schon über und über blutig!

BENJAMIN. Schweigt still!

SCHLÜTER. Exempel hat man, daß Missetäter, denen ein fürchterlicher Tod bevorstand, dem lauernden Henker noch im Gefängnis ein Schnippchen schlugen, indem sie sich mit ihrem Halstuch die Kehle zuschnürten. Bei dir ist man dieser Gefahr nicht ausgesetzt, du trägst eine Binde. Aber dort im Winkel liegt ein Strick, und am Balken sitzt ein Haken. Es kann mir den Dienst kosten, wenn ich dich allein lasse und den Strick nicht mit mir nehme, denn du wirst ihn mißbrauchen, oder du bist der Hase aller Hasen, der selbst mit brennendem Schwanz nicht ins Wasser zu springen wagt. Nun, ich war eher ein Mensch, als ein Gefängniswärter, und ein Mensch werd ich bleiben, wenn ich auch aufhöre, Gefängniswärter zu sein! *Geht, kehrt aber wieder um.* Das Hängen ist, wie sie sagen, sogar eine angenehme Sache, ich habe auch selbst mal einen aufhängen sehen, der, statt zu schreien und zu lamentieren, lustig die Beine bewegte, als ob er in Gedanken den letzten Walzer tanzte. Nun, ich wünsche viel Vergnügen! *Ab.*

Zweite Szene

BENJAMIN *allein.* So hängt denn all mein Heil jetzt an einem Strick. *Er nimmt den Strick.* Da ist er. *Er macht einen Knoten.* So wie dieser Knoten zugezogen ist, sind alle andern gelöst. Tu ichs? Ich sah einmal, daß einem Toten der Bauch aufgeschnitten ward, und dachte, so tot könne der Mensch gar nicht sein, daß er das nicht fühlte. Also! Dort sitzt der Haken! Vielleicht kann ich ihn nicht abreichen. *Er versuchts.* O ja! Neu ist er auch, als wäre er nur meinetwegen eingeschlagen! Der Balken freilich ist wurmstichig, doch was tuts? Wenn er bricht, so zerschmettert er mich, und der Tod ist mir in diesem Fall so gewiß, wie in dem andern, daß er hält! Aber sollte der Doktor wirklich den Mut haben, einen Menschen bei lebendigem Leibe zu schlachten? Ich kanns mir nicht vorstellen! Und wenn Soll ich, um ihm die Gewissensbisse zu ersparen, mich selbst mit dem Mord beladen? Daß ich ein Narr wäre!

Dritte Szene

Schlüter tritt wieder ein, in der Hand ein langes Messer.

BENJAMIN *springt scheu zurück.* Was soll das Messer?

SCHLÜTER. Hängst du noch nicht? *Für sich.* Ich konnt es denken, wir wollens anders versuchen! *Laut.* Ich wollte dich damit losschneiden.

BENJAMIN. Losschneiden? Und erst gebt Ihr mir selbst den bösen Gedanken ein?

SCHLÜTER. Mir kam ein besserer. Was meinst du, wenn ich dich entwischen ließe?

BENJAMIN. Dann tätet Ihr etwas

SCHLÜTER. Was mir selbst den Hals kosten würde, das siehst du ein, nicht wahr?

BENJAMIN. Tuts! Tuts! Wißt Ihr was? Ich will Gewalt brauchen! Ich will Euch anfallen, so zum Schein, als ob ich in der Desperation übernatürliche Kräfte bekommen und Euch überwältigt hätte. *Er packt Schlüter.* Nun, Ihr müßt nicht so fest stehen, wie ein steinerner Roland. Wo ist der Strick? Ich will Euch damit binden! Dann zerkratz ich Euch noch das Gesicht, reiß Euch Haare aus und mache mich davon. Bin ich fort, so fangt Ihr zu schreien an, dunkel ists, ich will mir schon durchhelfen!

SCHLÜTER. So gehts nicht. Ich laß dich laufen, aber ich geh mit. Komm!

BENJAMIN. Ihr seid *Für sich.* Ob mein Vater dem seinigen irgendwo aus der Patsche geholfen hat, oder ob er schon auf meine künftige halbe Million spekuliert?

SCHLÜTER. Aus der Hintertür hinaus! *Er öffnet sie.* Schnell! *Beide ab.*

Vierte Szene

Richter Kilian, Doktor Pfeffer, Block und Jacob treten ein.

DOKTOR PFEFFER. Aber, Herr Richter, könnt Ihr auch Blut sehen?

KILIAN. Wenns nur nicht mein eigenes ist: ja!

DOKTOR PFEFFER *für sich.* Er darf nicht hier bleiben, ich muß freie Hand haben. *Zu Kilian.* Traut Ihr Euch auch so viel zu?

KILIAN. Es wird sich finden. Ich kann ja immer noch hinausgehen.

DOKTOR PFEFFER. Ich wünsche nur, daß jeder Störung der Operation möglichst vorgebeugt werde, darum mögte ich am liebsten mit meinem Bedienten allein sein.
BLOCK. Euer Bedienter?

DOKTOR PFEFFER. O Esel! Was du nicht bist, kannst du werden! Wirst du nicht gern bei mir in Dienst gehen, wenn ich Millionär bin? *Zu Kilian.* Dem Menschen mit dem Milchgesichte siehts niemand an, was er vertragen kann. Der wäre in Hospitälern und auf

Schlachtfeldern unbezahlbar. Seinen eignen Vater hat er sezieren sehen und dabei gefrühstückt. Und doch hatte der Alte sich nur aus Ärger über den Sohn ertränkt.

BLOCK. Nicht mehr, oder ich breche los!

JACOB. Ich muß mich doch über die Herren wundern!

DOKTOR PFEFFER. Warum?
JACOB. Ich habe gute Augen, Nase und Ohren, aber den Juden kann ich hier so wenig sehen, als hören oder riechen.

DOKTOR PFEFFER. Was ist das?

KILIAN. O, es gibt hier noch ein heimlich Kämmerlein. In das wird ihn der Wärter hineingesteckt und ihn aus Langeweile gezwungen haben, schwarzen Peter mit ihm zu spielen. Hundertmal hab ichs verboten, weil die Menschen nicht zu Gedanken kommen, solange sie die verfluchten Karten in der Hand halten, aber immer wirds aufs neue wieder versucht. *Er ruft.* Schlüter! Keine Antwort? Unbesorgt, Herr Doktor. Ich weiß, was das bedeutet. Drei Aß und einen König! Ich will den Trumpf dazu geben! Schlüter! *Er will in den Hintergrund.* Ich bin verloren. Hier steht die Tür auf.

JACOB. Fort, nicht wahr? Weg, wie der Sperling, wenn der Bube gerade die Mütze abzieht, um sie nach ihm zu werfen. O, ich Dummkopf, ich Dummkopf! Was gingen mich anderer Leute Schafe an!

BLOCK. Schafe?

JACOB. Ich wanderte, wie ein Nachtwächter, mit meinem Knittel ums Gefängnis herum, und ließ keine Tür aus den Augen, da trieb ein kleiner Knabe Schafe vorbei. Die Schafe liefen links und rechts, hier in einen Kohlgarten hinein, dort in den Weizen, der Knabe weinte und schrie, er wußte sich nicht zu helfen, da dachte ich: als du klein warst, ist es dir mit Schafen oft auch so ergangen! und ohne mich viel zu besinnen, sprang ich herzu. Verfluchter Greiner! Der Beistand, den ich dir leistete, kostet mir eine halbe Million!
BLOCK *auf Kilian deutend.* Der alte Mann fällt um!

JACOB. Das würde sich besser für mich schicken, als für ihn! O, hätt ich mir nur im voraus etwas darauf geben lassen! Was meint Ihr, wenn ich den Richter um zehn Taler angesprochen hätte, würde er ja gesagt haben?

BLOCK. Gewiß!

JACOB. Nun, dann wollt ich, hier wär einer, der mich auspeitschte. Diese zehn Taler ärgern mich mehr, als all das übrige Geld.

DOKTOR PFEFFER *der inzwischen mit einer Kerze in alle Ecken geleuchtet hat.* Einen Schnaps!

Fünfte Szene

JÖRG *stürzt herein.* Herr Richter Kilian! Herr Richter Kilian!

KILIAN *richtet sich auf.* Was gibts? *Er setzt sich wieder.* Das verlohnt sich auch wohl der Mühe, dieses Esels wegen aus der Ohnmacht zu erwachen. Niemand hat das Recht, mich zu erwecken, als der mir die Nachricht bringt, daß der Jude wieder da ist. *Für sich.* Bei Verlust des Kopfs!

JÖRG. Ei, um den Juden handelt sichs ja eben. Vornehme Herren sind draußen und fragen nach ihm. Ich habe sie zu Euch gewiesen. Der eine ist ein Prinz, trägt einen Degen. Den anderen hab ich gar nicht recht angesehen, ich kann nicht dafür stehen, daß es nicht der König selbst ist!

KILIAN *verwirrt.* Was? Was? Wo ist die Tür? Mir schwimmts vor den Augen!

JACOB *zu Jörg.* Ein Prinz? *Er nimmt den Hut ab.* Man schämt sich fast, daß man nicht auch den Kopf abnehmen kann!

JÖRG. Freilich!

Sechste Szene

Der Prinz und der Graf treten ein.

DER GRAF. Kann denn niemand Seiner Durchlaucht leuchten? Wo ist der Richter?

KILIAN *zu Doktor Pfeffer.* Zehn Taler demjenigen, der sich für den Richter ausgeben will!

DOKTOR PFEFFER. Hört ich recht? Zwanzig Taler?

DER GRAF. Kann keiner antworten?

KILIAN *zu Doktor Pfeffer.* Zwanzig Taler!

DOKTOR PFEFFER *tritt vor.* Durchlaucht verzeihen. Nur der Respekt machte mich bisher stumm. Ich bin der Richter.

BLOCK. Jesus! Nein, ich kenn ihn nicht mehr! Ich hab ihn nie gesehen!

DER PRINZ. Wir hören, daß hier am Ort ein Jude ergriffen ist, der den Diamant, den der König vermißt, bei sich führt. Wo ist der Jude? Ist es der da, der sich so ängstlich zu verstecken sucht? *Er deutet auf Kilian.*
KILIAN. Durchlaucht haben gewiß in allen Dingen recht, dennoch muß ich mich erkühnen, zu behaupten, daß ich dieser Jude nicht bin.

DOKTOR PFEFFER. Der Jude, wenn Ew. Durchlaucht zu vergeben geruhen, ist nicht mehr hier.

DER PRINZ. Gleichviel. Aber der Diamant?

DOKTOR PFEFFER *langsam.* Ist, wo der Jude ist!

DER PRINZ. Ihr habt den Juden mit seinem Stein sogleich nach der Residenz bringen lassen? Das lob ich. Die höchste Eile war nötig.

KILIAN *für sich.* Das hätt ich tun können! Dann wär ich außer Verantwortlichkeit gewesen. Warum sagte mir das keiner! Doch, so gehts immer, wenn man seinen Verstand in fremden Köpfen stehen hat. Man bekommt die Zinsen nur selten in guten Ratschlägen zu Hause.

DOKTOR PFEFFER. Wie glücklich würde dies Lob aus so hohem Munde mich machen, wenn ichs mir aneignen dürfte! Aber *Heftig zu Block, Jörg und Jacob.* Nun, Schurken, was säumt ihr noch? *Zum Prinzen.* Durchlaucht verzeihen, daß ich die Leute an ihre Pflicht erinnere, sie stehen so bestürzt und verwirrt, weil sies noch gar nicht fassen können, daß sie einen Prinzen vor sich sehen! *Zu den anderen.* Hab ich euch nicht gesagt, daß ihr mit Fackeln in den Wald hinaus sollt? Wenn der Flüchtling nicht wieder eingeholt wird, so seid ihr schuld daran!

DER PRINZ. Flüchtling? Von welchem Flüchtling ist die Rede? Ich will nicht hoffen

DOKTOR PFEFFER *für sich.* Halb ists heraus! *Zum Prinzen.* Der Jude ist entkommen. Es scheint, daß er den Gefängniswärter bestochen hat, denn dieser ist mit ihm verschwunden.

DER PRINZ. Entkommen? Mit dem Diamant? Durch eure Nachlässigkeit? *Legt Hand an den Degen.* Was hält mich ab

KILIAN *hinter Pfeffer.* Dreißig, vierzig, funfzig Taler!

DER GRAF *zugleich mit Kilian.* Gnädigster Herr, keine Übereilung! *Zu Doktor Pfeffer.* War Euch das Königliche Mandat unbekannt?

DOKTOR PFEFFER. Ich habe es in derselben Stunde auswendig gelernt, wo ich es erhielt, auch glaube ich mich nicht dagegen vergangen zu haben. Gestern ging es bei mir ein, heute gegen Anbruch der Dämmerung schleppt der Bauer, der dort in der Ecke seinen Hut, wie eine Kaffeemühle, dreht, einen Juden vors Gericht, von dem er behauptet, daß er ihm einen Diamant gestohlen habe. So sonderbar eine solche Beschuldigung auch aus dem Munde eines Bauern klingt, dem, wie Ew. Durchlaucht zu bemerken geruhen, die Zehen aus den Stiefeln und die Ellenbogen aus den Ärmeln hervor gucken, so nehme ich die Sache doch keineswegs leicht, ich schreite sogleich zum Verhör, und befehle, als ich erfahre, daß der Jude den Stein verschluckt hat und ihn nicht wieder von sich geben kann, auf der Stelle dem Doktor Pfeffer, der hier steht *Er zeigt auf Kilian.* und der ein sehr geschickter Mann ist, dem Juden den Bauch zu öffnen. Der Doktor ist bereit, aber er hat seine Instrumente nicht bei der Hand; er macht sich also auf den Weg, um sie zu holen, ich lasse den Juden inzwischen unter sicherer Bewachung ins Gefängnis bringen und setze mich zum Corpus juris nieder, um mich zu belehren, ob ich den Menschen auch wohl der Gefahr der Tötung bloßstellen darf, bevor ich noch bestimmt weiß, daß der Diamant, den er bei sich trägt, mit dem, der gesucht wird, identisch ist. Ehe noch eine Stunde verfließt, kommt der Doktor zurück, ich eile mit ihm ins Gefängnis, aber, wie wirs betreten, finden wirs leer, der Jude ist fort und der Wärter mit ihm.

DER PRINZ. Ihr habt nachsetzen lassen?

DOKTOR PFEFFER. Noch eben in Ew. Durchlaucht Gegenwart wiederholte ich den Befehl, und wenn ich nicht die Ehre hätte, vor meinem Prinzen zu stehen, so würde ich selbst längst in den Wald hinaus sein. Übrigens wird der Jude schwerlich säumen, mit dem Diamant, so schnell er kann, in die Residenz zu eilen. Er weiß, daß er statt Strafe eine halbe Million empfängt, denn er kennt das Mandat.

DER GRAF. Dann ists allerdings wahrscheinlich.

DER PRINZ. Dennoch wollen wir ihm nach. Kommen Sie, Graf!

DER GRAF. Wäre der Bauer nicht erst zu befragen, wie er zu dem Diamant gekommen ist?

DOKTOR PFEFFER. Er will ihn von einem verstorbenen Soldaten erhalten haben.

DER PRINZ. Von einem Soldaten? Da seh ich eine Spur! Beschrieb die Prinzessin doch in dem Geist, von dem sie sprach, offenbar die Gestalt eines verstümmelten Soldaten. He, Bauer!

JACOB *zu Kilian.* Wie nah darf man dem gnädigen Herrn mit Transtiefeln treten?

DER PRINZ *tritt auf Jacob zu.* Ein Soldat gab dir den Stein?

JACOB. Eigentlich gab er mir ihn nicht, sondern ich nahm ihn mir, als er tot war, das heißt, meine Frau tats.

DER PRINZ. Was war das für ein Soldat? Sag mir, wie er aussah!

JACOB. Ja, wenn ichs nur recht mache. Wo soll ich anfangen? Oben beim Kopf, oder unten bei dem hölzernen Bein?

DER PRINZ. Er hatte einen Stelzfuß? Das trifft schon zu. Weiter!

JACOB. Weiter? Ja, da stehen wir. Ich wollte, Durchlaucht fragten mich anders, das heißt genauer, nach Nase, Mund, Ohren und dergleichen.
DER PRINZ. War er groß oder klein?

JACOB. Klein? Schrecklich groß! Der Tischler, der den Sarg machte, hat sein Maß.

DER PRINZ. Wie war er sonst?

JACOB. Nun, er war schon, wie ein Mensch, nur daß man ihn auch wohl für ein Gespenst halten konnte, so totenbleich war sein Gesicht und so hohle stechende Augen saßen darin. Ich fuhr ordentlich zusammen, als ich an jenem Abend aus der Tür trat und ihn davor stehen sah. In gesunden Tagen mag er wohl anders ausgesehen haben.

DER GRAF. Woher kam er?

JACOB. Weiß nicht. Vom Sprechen war er kein Freund. Nichts von Woher und Wohin. Ich zeigte ihm mein Bett, er legte sich stillschweigend hinein und kehrte sich gegen die Wand. Ich habe keinen Laut aus einem Munde vernommen, kein: ich dank Euch, Jacob, daß Ihr mir das Lager abtretet und Euch auf Stroh behelft, nicht einmal ein Stück vom Vaterunser. Er wußte wohl, daß es bald mit ihm vorbei sei, darum machte er keine Umstände, ich habs ihm nicht verdacht. Als er im Sarg lag, sah er besser aus, als da er noch lebte. Freilich hatte ich ihn vorher rasiert.

DER GRAF. Er war wohl stumm?

JACOB. Stumm? Wäre meine Frau hier, so würde sie Nein sagen. Zu der hat er allerlei geredet. Wir würden mehr bei ihm finden, als wir dächten! Dabei hat er auf den Stein gezeigt und gesagt, die Tochter des Königs hätt ihm den gegeben.

DER PRINZ. Die Tochter des Königs?

JACOB. So sprach er zu meiner Frau und meine Frau zu mir!

DER GRAF *zum Prinzen.* Ich mögte eine Vermutung wagen. Der arme kranke Soldat, der den Tod im Angesicht trug, hat sich in den Königlichen Garten zu schleichen gewußt, er ist vor die einsame Prinzessin hingetreten, und hat sie, überzeugt, daß seine Jammergestalt mehr Mitleid einflößen müsse, als ungeschickte Worte, mit stummen Gebärden um ein Almosen angefleht. Die Prinzessin, in der Dämmerungsstunde tief in ihre Phantasien versenkt, hat in dem sterbenden, vielleicht wahnsinnigen Verstümmelten den Geist, dessen Erscheinung sie täglich, ja stündlich in fiebrischer Erregtheit entgegensah, zu erblicken geglaubt, und ihm den Diamant, den er ihr abzufordern schien, mit Schaudern und Entsetzen zugeworfen; dann ist sie, im innersten Grunde ihres Daseins erschüttert, bewußtlos zurückgesunken, und der Mensch hat sich still entfernt. Ist er doch sogar dem Bauer wie ein Gespenst vorgekommen; wie sollte er ihr

DER PRINZ. So ists! So muß es sein! Denn nur so wird der Wahnsinn vollkommen. O Welt, Welt! Bist du denn etwas andres, als die hohle Blase, die das Nichts emportrieb, da es sich, fröstelnd, zum erstenmal schüttelte? Schau mir nicht so starr ins Gesicht, Walter, ich könnte dir jetzt den Kopf herunterschlagen und mir einbilden, das geschehe bloß in der Einbildung. Nein! Nein! Da schafft die Natur ein Wesen, das keinen Fehler hat, als den, daß er zu vollkommen ist, daß es der Welt nicht bedarf und all sein Leben aus sich selbst, aus der unergründlichen Tiefe seines Ichs hervor spinnt, und diesem Wesen tritt eine Fratze, ein lächerliches Zerrbild seines eignen Todestraums, in den Weg, und vor der Fratze muß es vergehen!

DER GRAF. Gnädiger Herr

DER PRINZ. Ja! Ja! Fort. Was vergeud ich die Seele in Worten!

Ab, von den übrigen gefolgt.

JACOB *im Abgehen.* Ich kriege die Schläge und ein anderer schreit! Macht der Prinz nicht ein Gesicht, als ob er statt meiner die halbe Million eingebüßt hätte? Ich ärgere mich über ihn! *Ab.*

Fünfter Akt

Erste Szene

Wald. Benjamin und Schlüter treten auf.

BENJAMIN. Br! Wie dunkel! Ich war noch nie zur Nacht in einem Walde. Was war das für ein Geräusch?

SCHLÜTER. Vermutlich eine Eule. Die hat einen schweren Flug. Liebst du die Finsternis nicht, Jude?

BENJAMIN. Heute schon, denn sie verbirgt uns. Wilde Tiere gibts hier ja nicht!

SCHLÜTER. Das wildeste ist der Hase, und auch den trifft man nur alle Jubeljahre. Bei uns sind so viele Jäger angestellt, daß der eine kaum abdrücken kann, ohne den andern zu treffen.

BENJAMIN. Gott gebe, daß uns keiner davon bemerke. Er könnte uns für Wildschützen halten und losbrennen!

SCHLÜTER. Das wär so unmöglich nicht, besonders nachher, wenn der Mond aufgeht.
BENJAMIN. Ja! Das Mondlicht ist nur dazu da, daß man sich dabei versieht.

SCHLÜTER *für sich.* Wenn man so in der Nacht geht, so fällt einem all das Böse ein, das schon im Dunkeln verübt ward, und da kommt es einem vor, als ob das, was man selbst, als ein einzelner Mensch, verüben könne, reine Lumperei dagegen sei. Ich wollte, der Jude reizte mich, daß ich in Wut käme. *Laut.* Holla, Kamerad, warum entfernst du dich von mir?

BENJAMIN. Tu ich das? Ich meinte, ich ginge auf Euch zu. *Für sich.* Wär ich ihn doch erst los!

SCHLÜTER. Gib mir die Hand.

BENJAMIN. Zum Abschied? Da ist sie! Recht habt Ihr, es ist besser, daß wir uns trennen, einer schlägt sich leichter durch, als zwei. Schade, daß es so finster ist, und daß ich hier nicht Papier und Tinte habe, sonst stellt ich Euch auf der Stelle einen Wechsel über hundert Taler aus, zahlbar den Tag nach meiner Zurückkunft vom Hof. Also einstweilen meinen innigsten Dank, und der Teufel soll mich holen, wenn ich Euch jemals die Hand wieder reiche

SCHLÜTER. Was?

BENJAMIN. Ohne Euch etwas hineinzudrücken! Ihr laßt mich ja nicht ausreden!

SCHLÜTER. Hundert Taler! Du bist bescheiden!

BENJAMIN. Wie meint Ihr das?

SCHLÜTER. Du schlägst dich und dein Leben nicht hoch an. Du glaubst ja doch, daß ich es dir geschenkt habe, nicht wahr?

BENJAMIN. O, mein Freund, verkennt mich nicht! Mit jenen hundert Talern wollte ich ja bloß Euren Kindern Ihr habt doch welche? eine kleine Freude machen. Euch selbst konnt ich sie freilich nicht anbieten wollen. Wie dankbar ich bin, hat noch keiner meiner Wohltäter erfahren, denn wie sollt ich mein Gemüt zeigen, hatt ich doch den Diamant noch nicht. Aber nun solls geschehen! Bei meinem Vater will ich anfangen, zwar ist er tot, doch ich will ihm ein Denkmal setzen, daß jeder, der es erblickt, sich verwundern soll, wenn er näher hinzutritt und sieht, daß kein anderer, als der einäugige Salomon darunter liegt. Und was Euch betrifft, nun, aus Euch will ich einen Mann machen, gegen den ich selbst ein Bettler bin.

SCHLÜTER *für sich.* Nun ists Zeit. Warum sprech ich leise? *Laut.* Wir sind mitten im Walde. Hier bring ichs zu Ende. *Er zieht sein Messer.* Komm!

BENJAMIN. Zu Ende? Was wollt Ihr?

SCHLÜTER. Wehr dich! Ich bin ein einzelner Mann, du bist auch einer. Zähl deine Gliedmaßen nach! Wenn ich einen Arm mehr haben sollte, als du, so will den ungebraucht lassen, denn es gilt ehrlicher Kampf.

BENJAMIN. Ihr scherzt, Ihr müßt scherzen. Wenn Ihr meinen Tod wolltet, warum hättet Ihr mich befreit!

SCHLÜTER. Um den Diamanten zu bekommen. O Jude, wie dumm warst du, daß du mit mir gingst! Konntest du dir wirklich einbilden, daß ich meinen Hals daransetzen würde, den deinigen zu retten? Weißt du auch, Hund, daß du mich durch diesen Gedanken beleidigt hast?

BENJAMIN. Beleidigt?

SCHLÜTER. Ja, beleidigt! Mußtest du eitler Geck nicht denken, ich hielte mich für geringer, als dich, ehe du mir das zutrauen konntest? Für geringer, als einen solchen Halunken? Der die Armut selbst bestahl? Der Bauer ist mein Vetter, denn er ist ein Bettler, wie ich, ich zieh dies Messer als Verwandter: wehr dich!

BENJAMIN. Ich will mich aber nicht wehren!

SCHLÜTER. Tus, oder tus nicht, es ist einerlei. Beides macht meinen Grimm größer. Wenn dus tust, so empört mich dein Trotz, wenn dus nicht tust, deine Erbärmlichkeit. *Für sich.* Bauer, der Himmel ist mein Zeuge, daß ich die halbe Million redlich mit dir teilen will; so bekommst du doch ein Viertel, wenn ich diesen davongehen ließe, bekämst du gar nichts. *Zu Benjamin.* Nun, Schuft? Willst du dich wehren, oder nicht? *Für sich.* Er soll mir den ersten Schlag geben, damit ich später beschwören kann, daß er angefangen hat. *Zu Benjamin.* Weißt du nicht, daß einer, der nicht um sich haut, wenn man ihn angreift, vor Gericht so betrachtet wird, als ob er selbst ins Prügeln und Morden eingewilligt hätte? *Er gibt sich einige Ohrfeigen.* So, das ist das beste Mittel, sich in Hitze zu bringen. *Zu Benjamin.* Kamen die von dir? Hattest du meine rechte Hand verführt, sich gegen meine Ohren zu empören? Ich wills so ansehen! Der Mond geht auf, sag ihm gute Nacht! *Er dringt mit dem Messer auf Benjamin ein.*

BENJAMIN. Einen Augenblick! Einen Augenblick! Mir wird sonderbar zumute, ich glaube Haltet mir die Stirn oder erlaubt, daß ich sie gegen einen Baum lehne!

SCHLÜTER. Ja? Mir ists recht! Oder denkst du vielleicht zu entspringen? Wohl! *Führt Benjamin zu einem Baum.* Drei Schritte geb ich dir vor, und der Erfolg ist ein Gottesurteil! *Tritt etwas von ihm weg.* Nein? So sag Vivat, wenns gelingt! *Für sich.* Und wenns nicht gelingt? Man könnte hochmütig werden, man fühlt, daß man auch sein Gewissen hat. Torheit! Ist der Kerl nicht selbst schuld daran, daß man in ihm nicht mehr einen Menschen sieht, in dem eine Seele sitzt, sondern nur noch einen ledernen Sack, in dem ein gestohlner Diamant steckt? Doch, wer weiß! Die Todesangst

BENJAMIN *schreit.* Vivat!

SCHLÜTER. Ich gratuliere.

BENJAMIN *mit dem Stein.* Da!

SCHLÜTER. Ist das der Stein?

BENJAMIN. Seht Ihr nicht, wie er im Dunkeln funkelt?

SCHLÜTER. Bedanke dich! Ich schenke dir das Leben!

BENJAMIN. Das heißt, Ihr erspart Euch selbst die Mordtat!

SCHLÜTER. Leb wohl! *Ab.*

Zweite Szene

BENJAMIN *allein.* Ist das der Stein? Esel! Weiß den Diamant nicht vom Kiesel zu unterscheiden und geht doch mit ihm davon! Was ist mir nun das Leben! Bei Gott, ich wollte, ich hätte mich von ihm umbringen lassen, dann müßt er doch wieder daran glauben und hätte nichts von seinem Reichtum! War ich je versucht, Hand an mich selbst zu legen, so bin ichs jetzt! Hätt ich sein Messer, ich würds brauchen, damit er als Mörder verfolgt würde! *Man hört Geräusch und sieht Fackeln.* Was ist das für Lärm? Mitten in der Nacht?

Dritte Szene

Der Prinz, der Graf, Doktor Pfeffer, Richter Kilian, Block, Jacob und Jörg treten auf.

JACOB *springt auf Benjamin zu.* Da hab ich sie! Da hab ich meine halbe Million!

BENJAMIN *entspringt und stellt sich hinter Kilian.* Hier steh ich, wie hinter einem Baum!

JACOB. Hier ists nicht geheuer. In einer und derselben Minute sieht man etwas und siehts nicht.

DER PRINZ. Weiter!

KILIAN *wendet sich hastig; er sieht Benjamin und packt ihn.* Der Jude, Durchlaucht, der Jude!

DER PRINZ. Leuchtet dem Menschen ins Gesicht! Ists der rechte?
DOKTOR PFEFFER *tuts.* Guten Abend, Benjamin! Er ists.

DER PRINZ. Schließt einen Kreis! Die Fackeln herbei! *Es geschieht.* Und nun, Doktor, ans Werk! *Dies letzte zu Kilian.*

KILIAN. Ich?

DER PRINZ. Wer sonst?

DER GRAF. Würde der Jude nicht besser, so wie er dasteht, nach der Residenz abgeführt?

DER PRINZ. Nein. Das gäbe nur neue Zögerungen, neue Bedenklichkeiten! *Zu Kilian.* Schnell!

KILIAN. Ich ich ließ die Instrumente zurück.

DOKTOR PFEFFER *zieht sie hervor.* Da sind sie, Herr Doktor, ich bemerkte Eure Vergeßlichkeit und steckte sie zu mir!

KILIAN *zu Doktor Pfeffer.* Plagt Euch der Teufel? Ich kann keinen kalekutischen Hahn tranchieren und sollte einem Menschen den Leib aufschneiden? Nein, darauf laß ich mich nicht ein!

DOKTOR PFEFFER. Stellt Euch nur, als ob Ihr darangehen wolltet, dann fallt in Ohnmacht.

KILIAN. Dabei macht man die Augen zu, nicht wahr?

DOKTOR PFEFFER. Allerdings.

KILIAN. Schlägt auch mit Fäusten um sich?

DOKTOR PFEFFER. Bewahre! Ihr laßt die Arme niederhängen, wie die Toten.

KILIAN. Wenn ich mir nur nichts entzwei falle! *Laut.* Man halte den Juden fest und entkleide ihn!

JACOB. Ich hab ihn schon lange beim Kragen!

KILIAN. So wollen wir denn an die Operation gehen!

BENJAMIN. Ich protestiere! Ich protestiere!

DOKTOR PFEFFER. Beschnittener Protestant, wir glaubens dir.

BENJAMIN. Ich protestiere gegen alles, und zunächst gegen einen solchen Doktor. Das ist ja gar kein Doktor, das ist ja der Richter!
DOKTOR PFEFFER. Die Todesangst macht den Menschen verrückt. *Zu Benjamin.* Ist jener Baum da nicht dein Vater?

BENJAMIN. Verrückt? Was? Ich bin nicht verrückt! Meinen eignen Widersacher ruf ich zum Zeugen auf! Sag an, Bauer, ist dieser Mann, der sich jetzt für einen Doktor ausgibt, nicht der Richter, bei dem du mich verklagtest? Und ist der andere mit der Schmarre über die Nase nicht der Doktor?

JACOB. Wenn ich antworten muß, so muß ich auch ja sagen!

DER GRAF *Kilian und Doktor Pfeffer fixierend.* Was ist das? Man hätte sich vor den Augen seiner Durchlaucht so sonderbaren Betrug erlaubt?

KILIAN *für sich.* Ich spreche nicht zuerst. Der Doktor ist pfiffig für ein ganzes Regiment, und doch wett ich, er merkt nicht, warum ich jetzt schweige.

DOKTOR PFEFFER. Wir sind beide ohne Zweifel strafbar, aber doch nicht so sehr, als es scheinen mag. Dieser arme, alte Mann, der Richter, verlor den Kopf, als er in einem und demselben Augenblick die Flucht des Juden und die Ankunft Ew. Durchlaucht erfuhr. Jupiter kann es selbst unmöglich wissen, wieviel Schreck sein Donnerkeil einflößt; so kann auch ein Prinz es sich schwerlich vorstellen, wie geringen Leuten zumute wird, wenn er von der Höhe der Majestät einmal zu ihnen herniedersteigt. Der alte Mann war im Begriff, sich ein Leides anzutun; ich weiß nicht recht, *Zu Kilian.* wolltet Ihr ins Wasser gehen, oder

KILIAN. Ins Wasser! *Für sich.* Wie scharf der Doktor sieht! Ich dachte wirklich an den tiefen Teich hinter meinem Garten, in dem sich vor Jahren der Schulmeister ertränkte, als er dem Pfarrer eine Ohrfeige gegeben hatte.

DOKTOR PFEFFER. Da erbarmte es mich sein, ich glaubte, es sei meine Pflicht, einen Selbstmord zu verhüten und gab mich auf sein flehentliches Bitten für den Richter aus. Wenn das ein Verbrechen war, so war es eins gegen die Fische. Denen raubte ich ihre Beute, und zwar eine höchst ansehnliche.

DER PRINZ. Sei hier Richter oder Doktor, wer will, nur daß, wer Doktor ist, nicht länger säume!

DOKTOR PFEFFER. Streckt den Juden am Boden hin!

BLOCK *zu Jörg.* Nun werden wir zu sehen kriegen, ob ein Mensch inwendig wirklich, wie ein Schwein aussieht!

BENJAMIN. Durchlauchtigster Herr, allergnädigster Prinz, Erbarmen, Erbarmen! Ich habe den Diamant nicht mehr im Leibe, ich habe ihn von mir gegeben!

DOKTOR PFEFFER. So gib ihn her!
BENJAMIN. Ach, der Gefängniswärter hat ihn mir geraubt. Der böse Mensch stellte sich, als ob er mich aus Mitleid befreie, aber als wir mitten im Walde waren, fiel er mich mörderisch an, und die Angst, die sein blinkendes Messer mir durch die Glieder jagte, bewirkte das auf einmal, was alle Mittel, deren ich mich vorher bediente, nicht hatten bewirken können.

KILIAN. Das ist eine neue Lüge.

BENJAMIN. Eine Lüge? Zehn Gelehrte mögen kommen und den fürchterlichsten Eid zusammensetzen, ich will ihn schwören und nicht einmal stottern.

DOKTOR PFEFFER. Ew. Durchlaucht haben zu befehlen.

DER PRINZ. Ich befahl bereits. Was fragt Ihr noch?

DOKTOR PFEFFER *legt Hand an Benjamin.*

BENJAMIN *reißt sich los.* O Schicksal, verfluchtes Schicksal, bist denn du allein außer aller Verantwortlichkeit und darfst tun, was du willst? Ist es nicht genug, daß ich den Diamant verlor, muß ich nun auch noch sterben, weil diese glauben, daß ich ihn noch besitze? O, daß ich wieder Bauchgrimmen bekäme, wie vorher! Dann würd ich doch die Stiche und Schnitte nicht so fühlen! Oder, daß ich verrückt würde und mir einbildete, ich sei ein Stück Holz, aus dem mit dem Schnitz-Messer ein Gott herausgegraben werden solle! Verrückt? Mir deucht, ich bin es schon, denn der muß es wohl sein, der es zu werden wünscht. Heidi und Hopsasa! *Er fängt zu singen und zu tanzen an.* Warum bin ich nicht unter Türken! Denen sind die Wahnsinnigen heilig!

DER JÄGER *hinter der Szene.* Steh, oder ich schieße!

BENJAMIN *hält im Tanzen ein.* Gilt das mir? Ich stehe!

Vierte Szene

Schlüter tritt eilig auf und wirft sich zu Boden, gleich darauf fällt ein Schuß.

DER JÄGER *tritt auf.* So gehts. Die Rebhühner fliegen davon, aber wenn man auf einen Menschen anlegt, trifft man, als ob man mit Freikugeln schösse.

KILIAN. Warum habt Ihr den Mann erschossen?

DER JÄGER. Weil er ein Wildschütz war.

BENJAMIN. Ist Euch gut zumut, Jäger?
DER JÄGER. Nicht sonderlich.

BENJAMIN. Nicht wahr, das Blut steht Euch immer vor Augen?

DER JÄGER. Mir ist, als ob die Welt auf einmal rot angestrichen wäre.

BENJAMIN. Und Ihr wart sonst gewiß immer oben hinaus, und fingt zu pfeifen an, wenn Euch der Gedanke an den lieben Gott einmal durch den Kopf lief, he? *Zu Doktor Pfeffer.* Nehmt ein Beispiel!

BLOCK. Der wär ein Wildschütz gewesen? Er hat ja gar keine Büchse.

DER JÄGER. Keine Büchse? Nun, dann dann bin ich ein Mörder!

JACOB. Warum übereiltet Ihr Euch so?

DER JÄGER. Um dem Förster wenigstens einen Wildschützen zu liefern, da ich kein Wild liefern kann. Das ist notwendig, wenn ich nicht brotlos werden will. In dem Buschschleicher da glaubte ich meinen Mann zu finden allmächtiger Gott, nun ist der Mensch ohne Büchse!

DOKTOR PFEFFER. Vielleicht hat er sie ins Gebüsch geworfen! Wer ists denn? Kennt ihn niemand? *Der für tot daliegende Schlüter wird beleuchtet.*

BENJAMIN *wirft sich bei Schlüter nieder.* Ich bin gerettet! Haltet mir diesen Toten fest! Haltet ihn fest!

DOKTOR PFEFFER. Das ist ja

KILIAN. Schlüter ists, der Gefängniswärter, der De mortuis nil, nisi bene! Da er tot ist, so mag er stillschweigend passieren! Wär noch ein Funke Leben in ihm, so sollte er so viel zu hören bekommen, daß er gestorben zu sein wünschte.

BENJAMIN. Ich bestehe darauf, daß der Tote gepfändet werde. Auf der Stelle! Er hat den Diamant!

KILIAN. Man durchsuche ihn!

JACOB. Hand davon, Jude! Das kommt mir zu. *Er macht sich an Schlüter.*

SCHLÜTER *steht auf.*

JACOB. Alle guten Geister

DER JÄGER *zu Schlüter.* Ich dank Euch, daß Ihr mir den Gefallen tut und wieder aufsteht, ohne bis zum jüngsten Tag zu warten, aber wie ists möglich? Ich hatte scharf geladen!
SCHLÜTER. Ich trage ja den Wunderstein bei mir! *Beiseite.* Wenn hier ein Hase in der Nähe ist, so will ich ihn das Geheimnis lehren. Er muß niederstürzen, ehe der Schuß fällt, dann kann er nachher ebenso gesund wieder aufstehen, wie ich.

BLOCK. Also der Stein schützt gegen Stich und Schuß?

SCHLÜTER. Sehr Ihr in mir nicht den Beweis?

BLOCK. Nun, dann wunderts mich nicht mehr, daß der König seinetwegen das ganze Land durchsuchen läßt. Würdet Ihr nicht zittern, wenn der Jäger wieder lüde oder wenn ich Euch mit einem Messer zu Leib ginge?

SCHLÜTER. Gewiß nicht.

BLOCK. Wer hätte gedacht, daß es solche Steine gäbe! Nun will ich nie wieder zweifeln, wenn man mir etwas Unglaubliches erzählt. Ich sehe ja, daß nichts unmöglich ist.

SCHLÜTER *für sich.* Wenn es mit den übrigen Wundern des Steins ebenso steht, wie mit diesem, so ist alles wohlbestellt!

KILIAN *zu Schlüter.* Halunke!

SCHLÜTER. Herr Richter, hier ist der Diamant! Wollt Ihr mir verzeihen? Sonst werf ich ihn, ehe Ihr mich davon abhalten könnt, ins Gebüsch, und dann könnt Ihr lange suchen!

KILIAN. Geb Er her! Ihm ist verziehen. Ich wollte ja bloß sagen: Halunke, man muß Ihm alles nachsehen.

SCHLÜTER. Da!

JACOB *ergreift den Diamanten.* Mir her! Hurra! Durchlaucht! Herr Prinz!

DER PRINZ *steckt den Diamant zu sich.* Zu Pferde! *Ab.*

JACOB. Aber meine halbe Million?

DER GRAF. Folg uns, Bauer. Du kannst uns notwendig sein! Mein Reitknecht soll dir sein Tier abtreten *Ab.*

JACOB *sieht sich im Kreise um.* Nun? Wer ist der erste?

JÖRG. Was meint Ihr?

JACOB. Der den Hut vor mir abzieht!

JÖRG. O hab meinen nur in der Eil zu Hause gelassen, sonst
JACOB. Ich verspreche dir zehn Taler für deinen guten Willen. Und noch zehn sollst du bekommen, wenn du gleich zu meiner Frau gehen und ihr mein Glück verkünden willst. Sie soll die Nase jetzt höher tragen, so wie ich, sollst du ihr sagen, und wenn sie dich zu familiarisch behandelt, so sollst dus ihr verweisen und ihr bedeuten, daß es sich nicht schickt, und an meinem Hund, den sie immer ersäufen wollte, weil er ihr zu viel fraß, soll sie sich nicht vergreifen, und wenn uns ein Bettler die Ehre antut und bei uns einspricht, so soll sie ihn nicht mit leerer Hand gehen lassen, sondern ihn so lange aufhalten, bis ich mit dem Geldsack da bin, und Ja, den Spaß will ich mir doch machen! All unsren Bettel, die alten wackligten Tische, die wurmstichigen Stühle, ihren Winterkittel und was sich sonst findet, soll sie in einem Haufen vor der Tür aufschichten und wenn ich komme und pfeife, soll sie alles in Brand stecken! *Ab. Jörg und der Jäger folgen ihm.*

DOKTOR PFEFFER *zu Kilian.* Fünfzig Taler sinds, nicht wahr?

KILIAN. Die versprach ich Euch, wenn Ihr Euch für mich ausgeben wolltet.

DOKTOR PFEFFER. Und hab ich das denn nicht getan?

KILIAN. Im Anfang, ja. Aber habt Ihr nachher nicht selbst zum Prinzen gesagt, daß Ihr der Doktor wärt und ich der Richter? Nicht ohne Absicht ließ ich Euch zuerst sprechen, als der Graf fragte. Keinen Heller bekommt Ihr! *Ab.*

DOKTOR PFEFFER. Das wollen wir doch sehen! *Folgt ihm mit Block.*

SCHLÜTER *zu Benjamin.* Hast du mir wirklich den echten Stein gegeben?

BENJAMIN. Welch eine Frage!

SCHLÜTER. Ei was! Du stehst mir viel zu ruhig da. Ich verstehe mich nicht auf Diamanten, der Bauer Jacob ebensowenig und der vornehme Herr steckte den Stein in die Tasche, ohne ihn auch nur anzusehen. Hast du nicht, als ich dich allein ließ, einen nichtsnutzigen Kiesel aufgerafft und mich damit angeführt?

BENJAMIN. Wollt Ihr nicht noch einmal das Messer ziehen?

SCHLÜTER. Ich habs leider verloren, sonst weiß ich nicht, was ich täte. Der ganze Handel kommt mir jetzt verdächtig vor. Erst läufst du anderthalb Tage herum und kannst den Stein nicht loswerden und dann glückts auf einmal.

KILIAN *hinter der Szene.* Schlüter! Schlüter! Wo bleibt Er! Der Doktor bringt mich um! Au weg! Sein Zögern kostet mich schon einen Zahn!

SCHLÜTER *laut.* Ich komme! *Für sich.* Das ist ein Glück für mich! Nun kann ich mir so viel Verdienst um den Richter erwerben, daß er mir verzeihen muß. Ich will ihm beispringen *Laut.* Wo seid ihr? Hört doch nicht zu schreien auf, ich kann Euch sonst ja nicht finden! *Kilian schreit.* aber, ich will nicht zu schnell da sein, damit die Gefahr, aus der ich ihn errette, auch etwas bedeute! *Zu Benjamin im Abgehen.* Hund, ich glaube, du lachst hinter uns allen her! *Ab.*

BENJAMIN *allein.* Wärs noch nicht aus? Fürchterliche Gedanken kommen mir. Mir ist, als hört ich den Pöbel hinter mir herrufen: »Das ist der Jude mit dem Diamant im Bauch!« Er soll ihn ja wieder von sich gegeben haben! »Lug und Trug! Das hat er selbst ausgebracht, um seines Lebens sicher zu sein. Der Stein hat sich in seinem Eingeweide so tief verkrochen, daß er gar nicht wieder heraus kann! Das ist die Wahrheit!« Da nützt er ja so wenig dem Juden selbst, als anderen! »Nützen? Er quält den armen Teufel bis aufs äußerste, der Mensch hat in seinem Schmerz schon mehrmals Hand an sich selbst gelegt, aber das will durchgesetzt sein und er ist zu feig!« Man sollte ihm zu Hilfe kommen! »Das ist auch mein Gedanke! Wollen wir ihm aufpassen und ihm den Gefallen tun?« *In seinem natürlichen Ton.* Und nun hu, ich will mich so lange in einem Gebüsch verbergen, bis die ganze Welt weiß, daß der Bauer mit seiner halben Million zurückgekehrt ist! Aber dann dann gehe ich auch an den Hof. Was? Benjamin wäre ein Dieb? Ein gemeiner schmutziger

Dieb? Schäme dich, Mensch, daß du dich selbst so niederträchtig verkennen konntest! Eine Tat hast du ausgeführt, die in den Sternen beschlossen war, die ausgeführt werden mußte, wenn die Prinzessin nicht eines jämmerlichen Todes sterben, wenn dem Königshause der bitterste Verlust erspart werden sollte! Hättest du die Hütte des Bauern nicht betreten, hättest du den Stein nicht, wie auf den Wink des Schicksals, instinktmäßig zu dir gesteckt und dem einfältigen Besitzer dadurch die Augen über den Wert seines Schatzes eröffnet, würde man ihm auf die Spur gekommen sein? Nimmermehr! Also *Er geht pfeifend ab.*

Fünfte Szene

Königliches Schloß.
Morgen. Vorzimmer der Prinzessin. Hof-Damen und Kavaliere.

ERSTE DAME *zu der zweiten, die aus dem innern Gemach kommt.* Wie stehts mit Ihrer Hoheit, der Prinzessin?

ZWEITE DAME. Sie ruht noch im tiefen Schlaf auf dem Divan, angekleidet, wie immer.

DRITTE DAME. Heute ist nun ihr Geburtstag!

ERSTE DAME. Ja, der Himmel gebe seinen Segen zu diesem Tage. Wir sollen sie heute, sobald sie erwacht, ganz so behandeln, wie im vorigen Jahr, als ob inzwischen gar keine Veränderung vorgegangen, als ob sie *Leise.* gar nicht von Sinnen gewesen wäre. Die Geschenke liegen, wie damals, bereit, die Musiker harren des Zeichens, wie damals, um, sobald sie sich regt, ihre Lieblingsmelodie zu spielen, Ihre Majestät werden, wie damals, erscheinen, sowie die Musik verklingt. Wir vor allen sollen uns leicht und unbefangen gegen sie betragen, ich weiß nicht, wie das zu machen ist.

DRITTE DAME. Mögte der Versuch glücken! Ist doch jetzt an unserm Hof alle Freude ausgelöscht! Atmen wir doch, wie unterm Leichentuch.

ERSTE DAME. Jedenfalls ist es der entscheidende. Der Arzt hat erklärt, daß mit dem heutigen Tage seine Hoffnung steht oder für immer fällt.

ZWEITE DAME. Ich erwarte doch etwas von dem Versuch. Denn seit gestern abend, wo ich ihr, wie es mir befohlen war, die Krankheit ihrer Mutter mitteilte, ist sie anders geworden. Ich will nicht gerade sagen, daß der Wahn, der sie befangen hält, sie ganz verlassen hätte. Das nicht. Aber sie ward tief nachdenklich und seufzte, ihr Herz war getroffen, und sie kann unmöglich fortträumen, daß sie tot ist und der Erde entrückt, wenn sie sich von dem Stachel des Lebens, des Schmerzes, in ihrem Innersten durchbohrt fühlt.

Muß doch einer, der sich für unverwundbar hält, durch die erste wirkliche Wunde von seinem Irrtum geheilt werden!

ERSTE DAME. Sprach sie etwas? Antwortete sie Ihnen?

ZWEITE DAME. Nein! Gesprochen hat sie seit jenem Abend, wo sie die Königin, wie den Schemen ihrer selbst anredete, nicht wieder.

ERSTE DAME. Dann ist auch nichts gewonnen.

DRITTE DAME. Wenn nur der Diamant gefunden würde!

ZWEITE DAME. Davon, glaube ich, hängt alles ab. Mich wundert, daß die Ärzte einen so bedenklichen Versuch anzustellen wagen, bevor sie den Stein in Händen haben.

ERSTE DAME. Sie fürchten vielleicht, daß er sich niemals wieder finden wird. Unbegreiflich ist es auf jeden Fall, daß man ihm noch immer nicht auf die Spur gekommen ist. Eine halbe Million und völlige Amnestie ist ein so hoher Preis, daß, wie mich dünkt, kein Mensch, nur ein Geist ihn verschmähen kann. Fast sollte man annehmen, daß *Sie unterbricht sich.*

DRITTE DAME. Daß die Prinzessin nicht geträumt, sondern daß eine höhere, eine geheimnisvolle Macht ihr den Diamant wirklich abgefordert hat. Ich hab es auch schon gedacht.

ZWEITE DAME. Das Volk, die Geringeren, lassen sich diesen Gedanken wenigstens nicht nehmen. Man bringt, wie ich höre, im ganzen Land den Verlust des Steins mit dem Kometen, der sich eben jetzt zu sehr unrechter Zeit am Himmel zeigt, in Verbindung.

ERSTE DAME. Gut wäre es immer gewesen, wenn die Sache sich mehr hätte verheimlichen lassen. Das ging vielleicht nicht an.

ERSTER KAVALIER *zum zweiten.* In der Tat, niemand kann die Gelegenheit zu Auszeichnungen, wie sie ein Krieg darbietet, mehr wünschen wie ich. Aber fatal, äußerst fatal ist es doch, daß der Nachbarstaat uns gerade jetzt Krieg ankündigt.

ZWEITER KAVALIER. Auch der General ist dieser Meinung. Ich hörte ihn gestern mit der ihm eigenen Rücksichtslosigkeit erklären, daß die Soldaten ohne Mut und Vertrauen fechten würden, weil sie den Sieg für unmöglich hielten. Ich bin vielleicht der einzige, der eine Ausnahme macht, setzte er hinzu, und man nenne mich abergläubisch oder nicht, auch ich wollte, der Diamant wäre wieder da, bevor wir ausrücken.

Musik.

ERSTE DAME *zu der zweiten.* Sie ist erwacht! Es gilt! *Zu der dritten.* Fräulein, es liegt noch zuviel Angst in Ihren Zügen!

DRITTE DAME. Ich gestehs, ich liebe die Prinzessin.

ERSTE DAME. Meine Gnädige, sind Sie so unglücklich, jemand zu kennen, doch er sie nicht liebt?

Sechste Szene

Das Haupt-Gemach wird geöffnet. Man sieht die Prinzessin auf ihrer Ottomane sitzen. Kinder, als Genien gekleidet, stehen mit reichen Geschenken um sie her. Die Musik dauert eine Weile fort.

DIE HOFMEISTERIN *heraustretend.* Meine Damen und Herren, Ihre Hoheit wollen empfangen.

ERSTE DAME *im Hineingehen.* In der Tat?

DIE HOFMEISTERIN. Ich habe ihr angesagt, daß der Hof versammelt ist, und ohne eine Antwort oder einen Wink abzuwarten, öffnen lassen.

Damen und Herren gruppieren sich um die Prinzessin, die Musik verstummt.

ERSTE DAME. Ew. Hoheit geruhen, unser aller herzlichste Glückwünsche zu Dero Geburtstag entgegenzunehmen!

ERSTER KAVALIER. Wir wagen, Ew. Hoheit auch die unsrigen in tiefster Ergebenheit zu Füßen zu legen. Wir würden es versuchen, unsern Empfindungen und Gedanken Worte zu geben, aber erst eben hat hier der heilige Mund der Musik an die Seele geredet; da muß die menschliche Lippe verstummen.

Die Prinzessin sieht sie starr an. Ängstliche Pause.

ERSTE DAME *auf eine Stickerei zeigend, die auf einem Tischchen neben der Ottomane liegt.* Wie reizend erdacht! Wie zart ausgeführt! *Zu der zweiten Dame.* Nicht ohne Absicht hat man die Stickerei hieher gelegt. Es war ihre letzte Arbeit. *Laut.* Ich glaubt, Ihre Hoheit haben noch gestern abend daran gestickt!

DRITTE DAME. Das haben Sie.

Die Prinzessin sieht bald auf die Damen, bald auf die Stickerei.

ERSTE DAME. Vielleicht zum Geburtstagsgeschenk für die allergnädigste Frau Mutter bestimmt. Ihro Majestät befinden sich leider heut morgen noch schlimmer, als gestern abend.

ZWEITE DAME. Sonst würden Sie gewiß die erste hier gewesen sein. Jetzt müssen Sie es abwarten, ob die Prinzessin Tochter sich zu Ihrem Krankenbett begeben werden, um Ihren Segen, Ihre Glückwünsche zu empfangen!

Die Prinzessin erhebt sich, dann schüttelt sie ungläubig den Kopf und sinkt wieder zurück.

Siebente Szene

Der König, der Prinz und der Graf treten ein.

DER KÖNIG. Wilhelmine, Ihr Vater wünscht Ihnen Glück! Und da Sie auf den Diamant, den Sie vermißten, einigen Wert zu legen schienen, so haben wir uns Mühe gegeben, ihn wieder herbeizuschaffen. Hier ist er!

DIE PRINZESSIN *erschüttert.* Der Diamant! *Sie erfaßt ihn.* Er ists! *Sie steht starr.* Wo bin ich? Was ist Wahrheit? Ich rede! Mein Ohr vernimmt die Worte meines Mundes! *Sie sieht von ungefähr in den Spiegel.* Ich sehe mein Bild! Wo sind die Flügel?

DER GRAF. Mir schwindelt. Nun gilts.

DER PRINZ *legt die Hand an den Degen.* Ich bin gefaßt!

DER GRAF. Gnädigster Herr! *Für sich.* Hätte ich diese unselige Verbindung doch nie betrieben! Verflucht die Stunde, wo ich sie zuerst anregte!

DER KÖNIG *zur Prinzessin, kalt und gemessen.* In verstümmelter Soldat, krank, wahrscheinlich zugleich wahnsinnig, hat sich in den Hofgarten zu schleichen gewußt, er hat die Ohnmacht, in die Sie fielen, weil die unheimliche Erscheinung, die so plötzlich vor ihnen stand, Sie erschreckte, benutzt und den Stein geraubt. Von ihm ist der Stein dann an einen gemeinen Bauer gekommen; dieser Bauer steht draußen. Alles ist klar, und wenn Ihnen durch die Enthüllung ein Dienst geschah, so haben Sie dem Prinzen dafür zu danken!

DIE PRINZESSIN. Dem Prinzen! *Sie wirft sich wieder auf die Ottomane und bedeckt ihr Gesicht mit den Händen.*

DER KÖNIG *zum Prinzen.* Sie errötet, sie ist wieder Weib, wir haben gesiegt! *Er gibt einem Kavalier einen Befehl, der Kavalier spricht mit einem Bedienten, der Bediente geht ab.*

DIE PRINZESSIN *sich plötzlich wieder erhebend.* Entweicht! Ihr seid Schatten! O, ich weiß! Nun liegt Ihr auf Erden in dumpfem Schlaf, und Euer Seelen drängen sich als dunkle Phantome in den Lichtkreis hinein, dem sie noch nicht angehören, und suchen die vorangegangenen seligen Geister zu verwirren und zu betören. Laßt ab von mir, oder wenn Euch verlangt, um mich zu sein, so habt den Mut, zu sterben, dann sind wir auf ewig vereint!

DER PRINZ. Alles ist aus! *Er zieht den Degen gegen sich selbst.* Ich habe den Mut!

DIE PRINZESSIN. Ferdinand! Ferdinand! *Sie verhindert ihn.* Warum tu ich dies? Warum schaudert mir? Gott! Gott! Einen Strahl! Um mich und in mir ist Nacht! *Sie ergreift den Diamant und blickt ihn starr an.*

DER KÖNIG. Faß dich, Kind, du warst krank, aber sobald du dies einsiehst, bist du gesund!

Achte Szene

Jacob erscheint mit dem vorhin abgegangenen Bedienten in der Tür.

JACOB *zum Bedienten.* Auf Eure Verantwortung! Was? Bin ich dazu gemacht, mit Königen zu verkehren? Ich möchte hier im Schloß vor jedem Schrank und Tisch drei Kratzfüße machen, so blank und vornehm sehen sie aus; ich hätte den Spiegel, in den ich, als wir vorbeigingen, aus Versehen hinein guckte, um Verzeihung bitten mögen, meines ungewaschenen Bildes wegen; ich würde einen Stuhl, wie den da, eher selbst auf den Rücken nehmen, als mich auf ihn niedersetzen, so viel Respekt flößt er mir ein, und nun soll ich am hellen Morgen so unverschämt sein, und unrasiert und ungekämmt, wie ich bin, vor die Königlichen Majestäten hintreten? *Er bleibt stehen.* So weit gutwillig. Wenn ich weiter soll, müßt Ihr Gewalt brauchen, damit ein jeder sieht, daß ich nicht von selbst komme.

DIE PRINZESSIN. Wer ist der Mensch?

DER KÖNIG *winkt Jacob.* Kommt heran! *Zur Prinzessin.* Es ist der Mann, in dessen Händen sich bis jetzt der Diamant befand. *Zu Jacob.* Nun? *Zur Prinzessin.* Ich ließ ihn rufen, weil meine Tochter über ihn lachen soll!

DIE PRINZESSIN *wiederholt langsam des Königs Worte.* Das ist der Mann!

JACOB *zum Bedienten, auf den Fußteppich zeigend.* Nehmt den Teppich auf, daß ich ihn nicht beschmutze, wenn ich gehorche. Doch ich sehe, das könnt Ihr gar nicht, ohne Euer gesticktes Kleid zu verderben. Ihr seid mir ein schöner Bedienter! Wäre ich Euer Herr, ich würde mich hüten, Euch etwas zu befehlen. Wenn Ihr einen Dienst verrichtet, so ists um den Rock geschehen.

DIE PRINZESSIN *nickt.* Das ist der Mann!

DER GRAF *für sich.* Sie kommt zu sich. An der Realität dieses Bauern muß wohl jede fixe Idee sich zerstoßen!

JACOB *für sich.* Jetzt fällt mirs ein, wozu ich gerufen bin. Ich soll mich bedanken. Nun, das kann die Majestät für die halbe Million doch auch wohl verlangen. Für welch einen Esel wird sie mich halten, daß ich so lange zögre. Wüßt ich nur, wer König ist, daß ich mich nicht an den Verkehrten wende und mich lächerlich mache. Hier ist der König nicht so leicht herauszufinden, wie im Kartenspiel. Doch, der wirds wohl sein, der mich vorhin rief. *Er nähert sich eilig und ungeschickt dem König.* Ich bedanke mich, Majestät! Zwar hab ich das Geld noch nicht, aber ich bedanke mich, als ob ichs schon hätte, und ich bin erbötig, alle Tage zu kommen und mich zu bedanken. Wenn ich mich zuerst weigerte, so wars nur, weil ich noch nicht begriff, was ich hier sollte.

DER KÖNIG. Nicht wahr, Prinzessin, er hat wenig von einem Geist?

DIE PRINZESSIN. O, mein Vater!

JACOB *der inzwischen einen Taler aus der Tasche gezogen hat und abwechselnd den König und den Taler betrachtet hat.* Die Wette hätt ich verloren!

DER KÖNIG. Was für eine Wetter, Freund?

JACOB. Ich saß einmal, als ich noch unverheiratet war, in einem Krug und zog einen Taler hervor. Den legte ich vor mich auf den Tisch und sagte zum Wirt: dies Bild Seiner Majestät kann nicht richtig sein, denn die Krone fehlt. Der Wirt stritt dagegen und behauptete, ein König trüge die Krone niemals selbst, sondern ließe sie sich immer durch den stärksten Soldaten vortragen, denn sie sei viel zu schwer. Ich stritt wieder gegen den Wirt, der Wirt wollte sich auch nicht geben und meinte, wenn das Bild falsch sei, so müsse auch der Taler falsch sein und dann sei ich selbst falsch, weil ich falsches Geld ausgäbe. Zuletzt wetteten wir, hätten wir das nicht getan, so würden wir uns noch geprügelt haben. Nun sehe ich, der Mann hats besser gewußt, als ich, denn von einer Krone werd ich hier wirklich nichts gewahr.

DER KÖNIG. Jetzt geh und laß dir dein Geld auszahlen.

JACOB. Eine Gnade möcht ich mir aber doch noch ausbitten, nämlich die, mir soviel von dem Gelde abzuziehen, als nötig ist, um den allerschönsten Ring für die Prinzessin Tochter zu kaufen. Ohne Umstände! Sie hat ihn wohl verdient, und sie sollte ihn bekommen, wenn sie auch gar nicht so sparsame, dünne Finger hätte, wie sie hat, sondern derbe Arbeitsklauen, wie die meinigen. Sie ist es ja doch ganz gewiß, die dem Soldaten den Diamant gab, wahrscheinlich hat der Mensch sich nicht einmal bedankt, denn vom Reden war er kein Freund, da will ichs denn durch den Ring in seinem Namen tun. *Im Abgehen.* Bitte, meine Person nicht übel zu nehmen! *Ab.*

DER KÖNIG. Prinz, reichen Sie Ihrer Braut den Arm, die Königin ist krank, wir können sie nicht zu schnell wieder gesund machen. *Alle schicken sich zum Abgehen an.*